A E
& I

Los días del arcoíris

Autores Españoles e Iberoamericanos

Esta novela obtuvo el IV Premio Iberoamericano
Planeta-Casa de América de Narrativa 2011,
concedido por el siguiente jurado:
Ángela Becerra, Alberto Díaz, Guillermo Martínez,
Álvaro Pombo, Imma Turbau y Ricardo Sabanes,
que actuó como secretario sin voto.
La reunión del Jurado tuvo lugar en Santiago
de Chile el 13 de marzo de 2011.
El fallo del Premio se hizo público dos días después
en la misma ciudad.

Antonio Skármeta

Los días
del arcoíris

Premio Iberoamericano Planeta-Casa de América
de Narrativa 2011

Obra editada en colaboración con Editorial Planeta – España

© 2011, Antonio Skármeta

© 2011, Editorial Planeta, S.A. – Barcelona, España

Derechos reservados

© 2011, Editorial Planeta Mexicana, S.A. de C.V.
Bajo el sello editorial PLANETA M.R.
Avenida Presidente Masarik núm. 111, 2o. piso
Colonia Chapultepec Morales
C.P. 11570 México, D.F.
www.editorialplaneta.com.mx

Primera edición impresa en España: mayo de 2011
ISBN: 978-84-08-09275-9

Primera edición impresa en México: mayo de 2011
ISBN: 978-607-07-0730-8

Impreso en los talleres de Litográfica Ingramex, S.A. de C.V.
Centeno núm. 162, colonia Granjas Esmeralda, México, D.F.
Impreso en México – *Printed in Mexico*

A Roberto Parada Ritchie

Erano i giorni dell'arcobaleno,
finito l'inverno tornava il sereno.

NICOLA DI BARI

UNO

El miércoles tomaron preso al profesor Santos.

Nada de raro en estos tiempos. Sólo que el profesor Santos es mi padre.

Los miércoles a primera hora tenemos filosofía, después gimnasia y luego dos sesiones de álgebra.

Casi siempre vamos juntos al colegio. Él prepara el café y yo frío los huevos y pongo el pan en el tostador. Papá toma su café cargado y sin azúcar. Yo le pongo mitad leche, y aunque tampoco le echo azúcar, doy vuelta a la cucharilla en la taza como si le hubiera puesto.

Este mes el tiempo está malo. Hace frío, cae una llovizna y la gente se envuelve las narices con sus bufandas. Papá tiene un impermeable claro, color beige, como los de los detectives en las películas.

Yo me pongo sobre el uniforme una chaqueta de cuero negro. Las gotas resbalan en la piel y no alcanzan a mojarme. Al colegio son cinco cuadras. En cuanto salimos del ascensor, papá enciende su primer cigarrillo y se lo va fumando lentamente hasta la misma puerta del liceo.

El tabaco le alcanza justo hasta ese punto, y entonces lo tira al suelo y me hace un gesto teatral para que yo aplaste la colilla con el zapato. Después pasa a la sala de profesores a buscar el libro de clases y cuando entra a nuestro curso pregunta en qué estábamos la última vez.

La última vez estábamos en Platón y el Mito de la Caverna.

Según Platón, los hombres vivimos como zombis mirando contra la pared de una caverna las cosas que pasan, que no son nada más que las sombras de cosas reales proyectadas por un fuego contra el fondo. Esos hombres, que nunca han visto las cosas de verdad, creen que las sombras son cosas reales. Pero si salieran de la caverna y vieran las cosas bajo la luz del mismo sol se darían cuenta de que han vivido en un mundo de apariencias y lo que tenían por cierto es un pálido reflejo de la realidad.

El profesor Santos pasa lista antes de volver a Platón y si algún alumno falta pone un punto rojo al lado de su nombre. Aunque sabe muy bien que fuimos juntos al colegio, cuando llega a la letra «S», después de «Salas» dice «Santos», y yo tengo que contestar «Presente». Mi padre alega que la casualidad de que me haya tocado filosofía con él no me exime de ninguna de mis responsabilidades, incluso esa cosa tan absurda de contestar la lista. Dice que si no estudio, por muy hijo suyo que sea, igual me va a rajar.

A mí me gusta la filosofía, aunque no quisiera ser profesor como el papi porque hay que levantarse temprano, fumar cigarrillos negros y además ganar poca plata.

Antes de iniciar la clase, mi padre se limpia las solapas por si le hubiera caído un poco de ceniza. Y luego lanza su frase favorita: «¿Por qué hay Ser y no más bien la Nada? —Y agrega—: Ésta es la pregunta del millón de dólares. Y ésta es en el fondo la única y gran pregunta de la filosofía.»

La pregunta que a mí me aflige en estos días es que, si hay Ser, tiene que tener un sentido que haya Ser, porque si no hubiera un sentido daría lo mismo que no hubiera Ser.

Mi polola Patricia Bettini dice que el sentido del Ser es estar siendo no más, es decir, sin finalidad de ningún tipo. Y me pide que no me complique tanto y que sea espontáneo. Ella es como hippy.

Justo el martes en la noche, antes de que agarraran preso al papá, yo le planteé el pensamiento de Patricia Bettini y el papá se indignó. Le echó dos veces sal a la sopa y luego la apartó y dijo que no la tomaría porque estaba demasiado salada.

Yo encendí la televisión, pero la primera imagen era de Pinochet besando a una anciana y la apagué antes de que el papi la viera.

Aprovechó para decirme que no tuviera tanta confianza en la Patricia Bettini porque, si ella piensa que el Ser es lo que el Ser va siendo no más, se le escapa algo que a ninguna chica inteligente se le puede olvidar, y es que los hombres tienen conciencia, los hombres son el Ser y simultáneamente piensan el Ser, y por lo tanto con su pensamiento le pueden dar un sentido y una dirección al Ser. En buenas cuentas establecer valores absolutos, aspirar a esos valores. El bien es el bien. La justicia es la justicia, y no puede haber justicia en la medida de lo posible.

Según el papi lo que importa es la ética: qué hacer con el Ser.

DOS

El jueves por la tarde Adrián Bettini recibió una carta. No la traía el cartero del barrio sino dos funcionarios jóvenes con insignias de policías bajo la solapa que tocaron brevemente el timbre y le sonrieron a la empleada cuando pidieron entregarle la carta personalmente al dueño de la casa. El joven Nico Santos, invitado en la ocasión a tomar té, vio la escena desde el comedor, y luego se detuvo en la mirada que Patricia Bettini le dirigió cuando su padre, con tranco informal y resignado, avanzó hasta la puerta vestido con una desteñida casaca de lana.

Tras firmar y anotar el número de su célula de identidad en el cuaderno que los despreocupados jóvenes le extendieron para que certificara la recepción del documento, rasgó el sobre y se introdujo en el contenido.

Como adivinando que su hija y Nico le preguntarían de qué trataba la misiva, se adelantó a ellos y les dijo que era una citación del ministro del Interior para asistir mañana, a las diez, al edificio de la sede de gobierno del general Pinochet.

Patricia Bettini no pudo evitar un sobresalto. Su padre había estado dos veces en la cárcel y, en una ocasión, matones no identificados lo habían raptado y agredido hasta dejarlo inconsciente.

El hombre pidió a su esposa Magdalena que se les uniera a la mesa del té y tras agitar largamente la cucharilla en su taza confesó que dudaba entre presentarse al día siguiente a la cita con el dictador o hacer ya mismo de prisa una maleta con un poco de ropa y esconderse por algunos días en casas de amigos.

Patricia Bettini le recomendó que se escondiera.

Su esposa le recomendó que acudiera a la cita. Era mejor enfrentar las cosas que pasar una vida escondido.

Nico Santos le puso una porción de palta molida a su tostada y la expandió con el cuchillo por la superficie. Era tal el silencio que ese ínfimo movimiento sobre el pan le pareció estridente.

TRES
—

Y entonces pasa eso que el miércoles estábamos en el Mito de la Caverna cuando entraron dos hombres de pelo corto y bien afeitados y le dijeron al papi que los acompañara.

Mi papá miró la silla donde había dejado el impermeable, y uno de los hombres le dijo que lo llevara consigo. Mi papá lo tomó y no me miró.

Es decir, no sé cómo explicarlo pero me miró sin mirarme.

Y era raro, porque cuando los dos hombres se llevaron al papá, todos los muchachos de la clase estaban mirándome.

Y seguro que pensaban que yo tenía miedo. O creían que yo tendría que haber saltado sobre los hombres y atacarlos e impedir que se llevaran a mi padre.

Pero con el profesor Santos habíamos previsto esta situación.

Incluso le habíamos puesto el nombre de un silogismo. La llamábamos situación «Baroco»: si agarraban preso al papá delante de testigos quería decir que no lo podían hacer desaparecer como con otra gente, que la meten en un saco con piedras y la tiran desde un helicóptero al mar. En el curso somos treinta y cinco alumnos y todos vimos con nuestros propios ojos cómo se llevaron al papá. Él dice que esa situación es óptima, porque seguro que no lo van a matar. En este caso, está protegido por los testigos.

Según el plan «Baroco», cuando agarren preso al papá, yo tengo que hacer dos llamadas por teléfono a unos números que me sé de memoria, pero no conozco el nombre de las personas. Después tengo que llevar una vida absolutamente normal, venir a casa, jugar a fútbol, ir al cine con Patricia Bettini, no faltar a clases, y a fin de mes ir a Tesorería a buscar el cheque del sueldo.

Así que, cuando se llevaron al profesor Santos, yo me puse a hacer círculos en una hoja del cuaderno mientras sentía crecer la telaraña de un silencio a mi alrededor. Seguro que mis compañeros pensaban que yo era un cobarde y que por puro instinto tendría que haber saltado y defendido a mi viejo.

Pero es que papá me ha dicho cien veces que él no le teme a nada, salvo que me pase algo a mí.

Y aquí todos saben que un chico de diecisiete años desapareció hace meses y aún no vuelve.

Tengo que tragarme esas miradas porque no les puedo explicar a los compañeros del curso que estoy aplicando el silogismo «Baroco».

Si a mi papá lo hubieran hecho desaparecer sin testigos, entonces estaríamos enfrentando el silogismo «Bárbaro», y yo acaso me hubiera muerto de pena.

Después que se llevaron al profesor Santos vino el inspector Riquelme y nos hizo un ejercicio de comprensión de texto.

Y cuando al fin llegó el recreo, yo me fui al baño. No quería hablar con nadie. No quería que nadie me hablara.

CUATRO

El señor Bettini desenterró de un baúl una corbata y se la anudó sin alegría frente al espejo. Mandó con un taxi a su hija Patricia al colegio y le pidió a su mujer que lo acompañara hasta la entrada del palacio de gobierno. Al llegar le dio un beso y tras descender del auto le entregó las llaves del vehículo «por si acaso».

Faltando cinco para las diez, Adrián Bettini entró a la central de operaciones de la dictadura.

Las secretarias en el *lobby* vestían uniformes de color fucsia, hablaban suave, eran amables y olían bien.

Lo fueron llevando de una oficina a otra, de un ascensor a otro, de un funcionario a otro, hasta que lo hicieron entrar a una oficina de muelles, sillones de cuero y sigilosas alfombras.

Detrás del escritorio («detrás del escritorio», se dijo Bettini como si le estuviera contando a alguien la situación que acaso nunca pudiera contar) estaba sentado el ministro del Interior en persona.

Estuvo a punto de sufrir un colapso. El doctor Fernández era considerado el hombre más duro del régimen. Sólo el general Pinochet lo superaba en esa materia. Supo, aun en su estricta mudez, que si tuviera que hablar en ese mismo instante, la voz le saldría ronca.

El ministro del Interior le sonrió.

—Le agradezco que haya venido, don Adrián. Quiero informarle que dentro de dos meses el gobierno realizará un plebiscito. ¿Por qué sonríe?

El hombre trató de corregir la mueca de su labio. Apretó sus manos en los bolsillos de la chaqueta al contestar:

—¿Un plebiscito como el de 1980, ministro?

—El plebiscito del 80 no fue fraudulento. Pinochet lo ganó con el setenta por ciento de los votos. Pero comprendo muy bien que ante una cifra tan contundente usted, como izquierdista, recurra a los lugares comunes de la demagogia y nos acuse de fraude.

Bettini se frotó la solapa como si tuviera una mancha de ceniza. Estar discutiendo con el ministro del Interior le comenzaba a dar un inesperado aplomo. Si en cualquier momento lo iban a matar o torturar, daba lo mismo lo que dijera. Una suerte de veloz dignidad suicida ocupó su boca antes que su pensamiento.

—Perdone si le di esa impresión, ministro. Es que la gente piensa mal cuando en un plebiscito no hay partidos legales que tengan representantes en las mesas de sufragio, cuando los votos sólo los cuentan los funcionarios del gobierno, cuando no hay tribunal calificador de elecciones, y cuando no se permite una prensa independiente del gobierno para publicar la opción contraria a la de ustedes. Pero, aparte de estos detallitos, el plebiscito que ganó Pinochet debe de haber sido limpio.

El ministro se balanceó en su sillón giratorio y sonrió con una dentadura perfecta que lo hacía parecer más joven.

—Ahora todo será a pedir de boca. Queremos que el plebiscito del 5 de octubre sea irreprochable e insospechable. Se admitirá a opositores en las mesas de votación, se contará con equipos de nuestros enemigos políticos en los centros computacionales, no rechazaremos a los observadores extranjeros, y a partir de mañana se levantará el estado de sitio en todo el país.

—¡Qué bien! ¿Y qué se va a votar?

—«Sí» o «No».

—¿«Sí» o «No»?

—«Sí» significa que usted quiere que Pinochet siga otros ocho años como presidente. «No», que usted quiere que Pinochet se vaya y que haya elecciones presidenciales entre varios candidatos dentro de un año.

—¡Elecciones!

—Y eso no es todo. Como queremos legitimar democráticamente a Pinochet ante todo el mundo, vamos a permitir que un día la oposición haga propaganda por el «No a Pinochet» en nuestra televisión.

—¡En la televisión!

El ministro le extendió un vaso de agua mineral burbujeante.

—No le tengo *champagne* para que celebre. Pero sírvase esta agüita.

Bettini tenía la boca tan seca que antes de tragar un sorbo hizo un discreto buche con el agua en la boca.

—Bien, ministro. Lo felicito por estos arrebatos democráticos. ¿Le puedo preguntar ahora por qué me citó?

El funcionario se levantó con gesto solemne y enigmático y estuvo acariciando un rato las borlas que adornaban los cortinajes de su ventanal.

—Sé que usted es un convencido enemigo de nuestro régimen —le dijo dándole la espalda—. Sé también que, en una ocasión, personal de mi dependencia lo ha amedrentado.

—Amedrentado. ¡Qué notable eufemismo, señor Fernández!

El ministro le dio ahora la cara y agitó un dedo frente a su nariz.

—Para su conocimiento, le informo que a esos funcionarios les llamé severamente la atención.

—Mi clavícula quebrada se lo agradece. ¿Y ahora me podría decir qué quiere de mí?

Fernández juntó las palmas de las manos y puso los dedos por encima de la quijada.

—Hace unos quince años yo era empresario de Coca-Cola y usted ganó mi admiración como publicista cuando hizo una campaña de la competencia para un nuevo refresco, Margot, que tenía un sabor raro, un gusto amargo. Era muy difícil introducir en el mercado una bebida de sabor amargo porque todo el mundo estaba acostumbrado a refrescos dulces. ¿Recuerda?

—Me acuerdo, señor ministro.

—¿Recuerda cuál fue el lema de esa exitosa campaña?

—Sí. «Margot, amarguito como la vida.»

—¡Genial, Bettini, genial!

—No me diga que me mandó a llamar para felicitarme por un *slogan* de hace quince años.

El ministro refregó el puño derecho en la palma de su otra mano.

—No. Pero ahora tengo un producto que vender que le resulta amargo a la población: otros ocho años de Pinochet.

Bettini dudó entre sonreír o dejar el rostro impávido.

—Ministro, ¿qué me está proponiendo?

—Como supongo que la oposición lo designará director creativo de la campaña para el «No a Pinochet», le propongo que sea usted el jefe de la publicidad de nuestra campaña por el «Sí».

—¿«Sí a Pinochet»?

—«Sí a Pinochet.» Hubiera esperado cualquier reacción suya a semejante propuesta menos una sonrisa. Créame que me siento aliviado. ¿Por qué sonríe?

El padre de Patricia Bettini apretó con tres dedos el tabique de su nariz como si quisiera calmar una neuralgia.

—¡Qué vueltas tiene la vida! Cuando Pinochet dio el golpe y lo nombró a usted ministro me echaron del trabajo, me metieron preso y me torturaron. Y, ahora, la misma persona que me metió preso y me dejó cesante me ofrece trabajo.

—No se me escapa el toque paradójico de la situación. Pero usted es el mejor publicista del país y para esta campaña quiero sólo lo mejor. ¡Un profesional! Usted le podrá criticar a nuestro gobierno todo lo que quiera pero no puede negar que tenemos un brillante equipo de profesionales. ¡La economía florece!

—Para los ricos.

—Pero pronto llegará el momento en que la riqueza será tanta que se derramará hacia los pobres.

»Ahí tiene el lema que necesita para la campaña del «Sí a Pinochet»: *«Cuando los ricos se harten tirarán las sobras del banquete a los pobres.»*

—Confío en que a usted se le ocurrirá algo mucho mejor, Bettini. ¿Qué me dice?

—¿Qué le digo? Le digo que dicen que nada de lo que sucede en este país escapa a su conocimiento.

—Oh, sí. He oído esa exageración.

—Dicen que no se mueve una hoja sin que usted lo sepa.

—Es una fama que a veces me complace y otras me complica.

Bettini llenó el vaso con agua mineral, tragó un sorbo y luego se limpió los labios con el dorso de una mano.

—Mi hija Patricia está muy preocupada porque sus hombres arrestaron al profesor de filosofía de su pololo.

—Ya veo.

—Es un hombre mayor, experto en filosofía griega. No es un peligro para nadie. Un hombre viejo.

—¿Tan viejo que vendía calugas en el circo romano?

El ministro se golpeó los muslos celebrando su salida con una carcajada y en seguida abrió un archivador de color verde.

—Ya no es joven.

—Perdone mi broma, Bettini. Mucha gente se preocupa sin motivo. A veces mis hombres hacen un par de preguntas de rutina y los detenidos vuelven a casa tan campantes.

—Ministro, hay más de tres mil desaparecidos.

—Ésa es una exageración de las estadísticas. El país ya superó la emergencia. ¿No le estoy contando que haremos un plebiscito ciento por ciento democrático? Su hija no tiene por qué preocuparse.

Bettini se puso de pie y palpó el nudo de la corbata para ocultar el salto de su nuez de Adán cuando tragó abruptamente la saliva agolpada en su lengua.

—Santos —dijo, ronco.

—¿Perdón?

—Santos. El profesor de filosofía se llama Rodrigo Santos.

El ministro puso sus manos sobre el archivador para alisar una página e hizo rodar la punta de su bolígrafo trazando un círculo.

—¿Colegio?

—Instituto Nacional.

—¡Upa! «El primer foco de luz de la nación.»

—¿Ministro?

—«El primer foco de luz de la nación.» Eso dice la letra del himno del instituto. ¿Lugar de los hechos?

—La sala de clases.

—¿Testigos del procedimiento?

—Más de treinta alumnos. Estaban en plena clase.

El funcionario suspiró con un súbito aire de fatiga.

—¿Aspecto de los oficiales?

—Pelo corto, jóvenes, impermeables...

—Como en las películas. ¿Día?

—El miércoles. Miércoles recién pasado a primera hora.

Cerró el expediente de un manotazo y levantando la barbilla dejó que un silencio cargado de intenciones se prolongara antes de hablar.

—¿Y qué me dice de lo nuestro, Bettini?

«Lo nuestro», pensó el publicista. De modo que tenía algo en común con el ministro del Interior. «Lo nuestro.»

—¿Cuánto tiempo me da para pensarlo?

—Tómese un par de días.

—Lo llamo el lunes, entonces.

—No, no se preocupe. Vendrá personalmente. Mandaré un par de muchachos para que me lo traigan aquí mismo.

—Hasta el lunes, doctor Fernández.

El ministro se levantó y le extendió efusivamente la mano para despedirse.

—Filosofía. Algo me acuerdo de mis años de colegio. «Sólo sé que nada sé.» ¿De quién era eso?

—Sócrates.

—¿Y la otra cuestión del río?

—Heráclito. «Nunca nos bañamos dos veces en el mismo río.»

—Adiós, Bettini.

CINCO

Llamé al primer número y no contestó nadie. Éste era el teléfono en que siempre debía contestar alguien. Si no había nadie es que la persona que debía contestar había caído presa.

Entonces marqué el segundo número.

Contestaron y, según el silogismo «Baroco», no pregunté con quién hablaba ni dije mi nombre. Sólo conté que habían tomado preso al profesor Santos. El hombre al otro lado de la línea dijo que él se haría cargo.

Preguntó si había testigos.

Claro que había testigos. En el curso somos treinta y cinco y yo soy el 31 en la lista. Por la «S». La «S» de Santos. «Estamos bien, entonces», dijo el hombre, y repitió que él se iba a ocupar.

Yo sé perfectamente lo que es ocuparse de alguien en este caso. El hombre va a ir donde los curas y uno de los curas hablará con el cardenal y el cardenal hablará con el ministro del Interior y el ministro del Interior le va a decir al cardenal «no se preocupe que yo me preocuparé». Según el plan «Baroco» yo no tengo que hacer nada porque, si me voy a meter a la policía, me pueden agarrar a mí y ahí sí mi viejo se vuelve loco.

Entonces el miércoles me voy a la casa y veo los dos platos para el almuerzo puestos en la mañana sobre la mesa con el mantel de cuadros azules y blancos. Al lado del vaso de papá hay una botella chica de vino tinto llena hasta la mitad, y junto a mi servicio está el jugo de manzanas.

Me siento a la mesa y no tengo ganas de ir a la cocina a calentar las papas rellenas que quedaron de anoche. Me quedo ahí media hora sin saber qué hacer, y sin pensar en nada. Cada vez que quiero empezar a pensar tomo el tenedor y golpeo el plato vacío.

Finalmente voy al dormitorio y me tiendo en la cama a leer la revista deportiva *Don Balón*. Le va mal a mi equipo favorito, la Universidad de Chile. Es que, cuando tiene un jugador bueno, lo venden para afuera, para España o Italia, y el equipo se desarticula.

Hace frío y no está enchufada la estufa eléctrica. Papá dice que gasta demasiada energía y que el sueldo no le alcanza para mantenerla encendida todo el invierno. Me cubro con la frazada.

SEIS

—¿Entonces?

—Mi respuesta es «no».

—Mire que el honorario es altísimo.

—Por pura curiosidad, ¿cuánto es el honorario?

—El monto lo fija usted mismo. Sin límites.

Bettini recorrió con la vista la pared detrás del escritorio. Había una foto en colores del dictador y ningún otro cuadro que compitiera con su presencia.

—En verdad es la mejor oferta que he recibido en mi vida. Me da una rabia negra rechazarla, sobre todo cuando sigo cesante.

—¡Una estrella como usted aún cesante!

—Las empresas de publicidad tienen una lista negra de profesionales emitida por su ministerio a las cuales se «recomienda» no darme trabajo.

—¡Dios mío! ¿Y de qué vive usted, Bettini?

—Mi mujer trabaja y yo me hago unos pocos pesos componiendo *jingles* con seudónimo.

El ministro movió largamente el cuello con una suerte de solidaria sorpresa e indignación. Puso un dedo sobre el labio inferior y lo golpeó varias veces.

—Bien, Bettini. ¿Qué me dice?

—Lo he pensado mucho. Gracias, ministro, pero no.

—¿Por razones morales?

—Por razones morales, señor.

Se puso de pie y estiró los bordes de su chaqueta.

—Pero su conducta ahora no tiene nada de moral. No es ético rechazar una oferta por discrepancias políticas con alguien. Imagínese un médico que rehúsa atender a un enfermo porque es su enemigo político. ¿Diría que su conducta es ética?

—Si el enfermo es Pinochet, francamente sí, señor.

El ministro caminó hacia la ventana y corrió un poco la cortina. El grisáceo *smog* de Santiago estaba allí, puntual y tenaz.

Le habló al publicista en tono cortante y dándole la espalda.

—Bettini, lamento no contar con sus servicios. Va a ser una campaña difícil. Gracias por haber venido.

Se mantuvo en el ventanal sin darse vuelta. Pero Bettini permaneció inmóvil hasta que el ministro se vio obligado a girar.

—¿Algo más?

—Sí, señor. Yo vine confiadamente aquí porque usted me mandó a buscar. Me gustaría mucho poder salir igual que como entré. No sé si me entiende...

El ministro extendió una sonrisa a la cual agregó una ruidosa carcajada

—Se lo garantizo.

—Gracias.

—No hay por qué.

Los pasos hacia la salida sobre la muelle alfombra

lo hundían y demoraban. El alivio que sintió al tomar la manilla de la puerta fue bruscamente interrumpido.

—¿Bettini?

—¿Señor?

—Si por lo menos quiere darme un alegrón, no acepte dirigir la campaña del «No».

—Está bien, señor Fernández.

—Adiós, Bettini.

SIETE

Tocan el timbre. Según el plan «Baroco», no puede ser
mi padre pues él tiene llave de la casa. Si son los policías, entonces, o vienen a llevarme a mí o quieren re-
gistrar el escritorio del papá. Me levanto de un brinco
y veo lo que tiene sobre la mesa. Es un documento di-
rigido al ministro de Educación, señor Guzmán, pidiendo que nuestro liceo, donde él enseña y yo estudio, dejé de estar a cargo de un oficial del ejército. Que
la presencia de ese oficial en el colegio más antiguo del
país es una ofensa contra la dignidad de los maestros y
contra la libertad de expresión. El manifiesto dice arriba los «abajo firmantes», pero la única firma que aparece es la del profesor Santos. Hago con ese documento una bola de papel y la arrojo por la ventana.

Insisten con el timbre y me pongo el abrigo. Si me
van a llevar es mejor ir abrigado. Soy muy friolento.
En los recreos siempre busco las paredes soleadas y
me encojo de hombros como si así pudiera acumular
calor. Cuando abro, la persona que está con su dedo
aún presionando el timbre es Patricia Bettini. Salta
sobre mí y me abraza. Me dice:

—Mi pobrecito amor.

Luego me pregunta si he almorzado. Le digo que me cargan las papas rellenas. Ella va hasta la cocina y prepara una *omelette* con aceite, huevos, queso y tomate. La divide en dos. Yo le pongo a mi porción sal y unto en ella un trozo de marraqueta. Ella no le pone sal porque dice que engorda. Está llena de teorías para llevar una vida sana, desprecia la sal y la mantequilla, y es fanática del teatro de Ionesco. Actuó en *La cantante calva* haciendo la señora Smith. Bueno, todos en *La cantante calva* se llaman Smith. Pero ahora, cuando salga del colegio, no va a estudiar teatro sino arquitectura.

—Tenemos que encontrar a tu padre —me dice.

—¿Cómo?

—Preguntando en todas partes.

—Yo hice lo que tenía que hacer.

Y le cuento todo lo del silogismo «Baroco». Ella escucha con atención y niega moviendo la cabeza.

—En estos casos los que pueden hacer algo no son la gente buena, porque todos tienen miedo. Hay que tratar de que los otros hagan algo.

—¿Los malos?

—Nadie es ciento por ciento bueno ni totalmente malo.

—Mi papá piensa que tú no tienes principios. Y que una persona ética debe tener principios.

—Tengo principios. Mi principio es que quiero a tu papá y te quiero a ti.

—Ésos no son principios, son sentimientos.

—Bueno, entonces mis principios son mis sentimientos.

Patricia Bettini no responde, saca de su cartera una *cassette* y la coloca en el Sony. Se trata de Billy Joel y el tema es *Just the way you are*. Es en inglés, y va así:

*Mira, no cambies
por complacerme,
no creas que por serme tan familiar
ya no me gusta mirarte.
No te abandonaría
en tiempos difíciles,
jamás lo haría,
me diste los años buenos,
tomo también los años perros
porque me gustas tal cual eres.*

OCHO

La esposa de Adrián Bettini no apagó las luces de alarma del coche ni aceptó mover el auto del espacio reservado para las autoridades hasta que su marido no volviera de la cita con el ministro del Interior. Se lo dijo altiva y con excelente dicción al capitán que se lo pidió con exagerados modales corteses y, mientras éste consultaba por celular al gabinete de Fernández, hizo girar el anillo nupcial en su dedo índice hasta sentir que el metal ardía en sus yemas. Cuando el uniformado se retiraba vio venir a Adrián y puso de inmediato en marcha el motor como si se tratara de huir tras el asalto de un banco.

—¿Cómo te fue? —le preguntó al bordear la plaza Italia, mirando por el retrovisor para ver si los seguían.

—Ya lo ves, estoy vivo.

—¿Insistió en que trabajaras por el «Sí a Pinochet»?

—Exactamente.

Aunque no había luz roja en el semáforo, Magdalena detuvo el coche ignorando los bocinazos de los autos que protestaban a sus espaldas.

—¿Y?

Bettini sonrió. Buscó su registro más grave para imitar el vozarrón de Fernández.

—«Su conducta ahora no es ética.»

—¿De dónde sacó que tú podrías trabajar para ellos?

—Algún computador les informó de que yo sería el mejor publicista del país.

—Claro que lo eres.

—Pese a que hay unanimidad entre el computador y mi esposa nadie me da trabajo. ¿Quieres que yo maneje?

Los bocinazos arreciaban y Magdalena hizo partir el coche con un brusco salto.

—¿Qué le dijiste finalmente?

—«No, gracias.»

—¿De buenas maneras?

—Del modo más cordial.

—¿Y él qué te dijo?

—«Bettini, por lo menos me daría un alegrón si no acepta dirigir la campaña por el "No".»

Ahora fue Magdalena quien sostuvo una eterna sonrisa en sus labios.

—En cuanto anunciaron por la radio que habrá un plebiscito, don Patricio llamó para ofrecerte dirigir la campaña del «No».

—¡Dios mío!

—Tienes que aceptar. Estaría muy orgullosa si lo hicieras.

—Magda, si lo acepto no le voy a dar un alegrón al ministro del Interior y tú sabes lo que significa eso.

—Si eres el jefe de publicidad del «No», tu propia visibilidad te protege. No pueden escenificar un plebiscito democrático y matar al jefe de la campaña de la oposición.

Bettini se frotó con fuerza los párpados. Todo era tan contundentemente cotidiano y real y sin embargo aún tenía un resto de esperanza de que fuera un mal sueño.

—Admito que es bueno tu argumento. Pero, aun así, habría otra razón para no aceptar.

—Dime.

—Pinochet ha bombardeado al país con publicidad durante quince años y a mí me dan sólo quince minutos en televisión. Es como la batalla de David contra Goliat.

—¿Adrián?

—¿Qué?

—¿Quién ganó?

—¿Quién ganó qué?

—La batalla de David y Goliat.

Bettini se derrumbó sobre el asiento cubriéndose los oídos con ambas manos. Desde hacía un año Magdalena había adquirido el hábito de frenar el coche cada vez que creía decir algo importante. No sabía ahora qué lo tenía más enloquecido. Si sus palabras o los bocinazos.

NUEVE

—

Ahora es lunes. El cielo está cargado de nubes grises y negras, pero no llueve. Santiago le pesa en el cuello a la gente y todos caminan rápido y con la cabeza gacha. Casi no pude dormir anoche y ahora mientras camino a clase voy bostezando diez veces por minuto. A primera hora tenemos historia y a la segunda filosofía.

De modo que podré dormir derrumbado sobre el pupitre. Cuando llego a la puerta del colegio vuelvo a acordarme de papá y me pregunto si tendrá tabaco negro y si lo dejarán fumar. Veo un pucho tirado sobre la baldosa y lo muelo con la suela del zapato.

A la hora de filosofía entramos a clases sin formarnos en el pasillo. Un par de compañeros me golpean en el hombro y me enrollo la bufanda azul en el cuello. Hace un frío de lobos. Para evitar conversar con mi compañero de banco, saco mi estuche y comienzo a afilar un lápiz con el sacapuntas metálico.

Entonces entra el profesor de filosofía.

No es el señor Santos. Se trata de un hombre joven de cejas tupidas y nariz respingada que lleva anteojos redondos como los de John Lennon y un *blazer* azul lustroso. Es muy delgado y casi para demostrar que tiene sin embargo fuerza deja caer con un golpe el libro de clases sobre el pupitre. Luego lo abre, carraspea y comienza a pasar lista.

Al decir cada nombre y oír la palabra «Presente», levanta la vista y hace un gesto asintiendo como si conociera a los alumnos de antes. Cuando llama «Santos» también me pongo de pie, pero no hace el gesto de asentimiento sino que mantiene la vista fija sobre el libro de clases. Luego vuelve a mirar al 32, Tironi, al 33, Vásquez, al 34, Wacquez, y al 35, Zabaleta.

Toma un pedazo de tiza desde el depósito en el pizarrón, lo tira al aire y lo recoge en la mano sin mirarlo. Ese gesto lo hace aparecer aún más joven. Luego dice:

—Me llamo Javier Valdivieso. Como el *champagne* Valdivieso. He visto las anotaciones del profesor Santos y sé que ya pasaron los presocráticos y Platón. De modo que hoy comenzaremos con Aristóteles. La ética de Aristóteles. Anoten: «Ninguna de las virtudes éticas se produce en nosotros por naturaleza ya que ninguna cosa natural se modifica por costumbre. Por ejemplo, la piedra que por naturaleza cae hacia abajo si la soltamos. Y no se podría acostumbrar a la piedra a moverse hacia arriba: aun tirándola diez mil veces a lo alto, las diez mil veces terminaría cayendo hacia abajo.

»»En cambio, las virtudes no se producen ni por naturaleza, ni contra naturaleza, sino porque el hombre tiene aptitud natural para recibirlas y perfeccionarlas mediante la costumbre. Así, practicando la justicia nos hacemos justos, y nuestra actuación en los peligros y la costumbre de sentir coraje o tener miedo es lo que nos hace a unos cobardes y a otros valientes.»

»El miércoles haremos una prueba sobre Platón y el Mito de la Caverna —dice.

DIEZ

Antes de que metiera la llave en el cilindro, Magdalena le abrió desde adentro la puerta. Le impuso un enérgico beso en la mejilla y le hizo un gesto con el cuello de que mirara hacia el *living room*.

El líder de la oposición, don Patricio, le estaba sonriendo con esa mueca que parecía cortada con la misma tijera de Jack Nicholson.

—¿Café, senador?

—Gracias.

—¿Azúcar, senador?

—Está bien así. Y no me llame «senador», se lo ruego. Desde que estas bestias cerraron el Parlamento sólo me queda la nostalgia de ese título.

—¿Y qué lo trae por acá, don Patricio?

—Algo grande, que puede llegar a ser grandioso.

—Cuénteme.

—Pinochet está a punto de autorizar que para el plebiscito del 5 de octubre la oposición pueda hacer quince minutos de campaña para votar contra él en la televisión.

—Verdaderamente increíble.

45

—La elección es dentro de treinta días y nuestra emisión debe comenzar la próxima semana.

—No hay tiempo para nada.

Bettini se palpó el bolsillo de la camisa y estuvo a punto de sacar un cigarrillo pero de pronto le pareció ofensivo fumar ante tan gran personaje. Mantuvo el paquete entre las manos, acariciando la cubierta de celofán.

—Ésa es la estrategia del dictador. Golpear rápido, así el enemigo no alcanza a reaccionar.

Para darle trascendencia a sus palabras, se puso de pie.

—Amigo Bettini, en nombre de los dieciséis partidos concertados para votar contra Pinochet, le vengo a proponer que sea el jefe de la campaña del «No».

Adrián Bettini también se puso de pie y le hizo un gesto amable a su hija y esposa para que abandonaran el *living*. Leyó en los labios de Magdalena lo que decía bajo su sonrisa: «*Anímate.*»

Una vez a solas con don Patricio, le espetó sin diplomacia:

—¿Cuánto es el honorario?

—El honorario es... ad honórem.

—¿Qué dicen las encuestas?

—Las nuestras, que podría ganar el «No».

—¿Las de ellos?

—Que gana el «Sí».

—¿Y usted qué cree?

—No sé. Pero le puedo asegurar que nuestras encuestas no están maquilladas para autocomplacernos. En Chile hay descontento e ira contra Pinochet y ese descontento es mayoritario. Pero el problema es que este plebiscito lo decidirán los que hoy están indecisos.

—¿Hay indecisos en Chile después de quince años de terrorismo?

—Pinochet tiene a medio mundo convencido de que, si pierde, Chile se irá al carajo. Tiene arrastre entre las personas que no tienen un buen recuerdo del derrocado gobierno socialista.

—Usted fue enemigo de ese régimen socialista, y fue uno de los democratacristianos que promovieron el desorden que alentó al golpe militar.

—No es hora de reproches. Ahora usted y yo estamos en el mismo equipo: ¡contra Pinochet!

Bettini se dejó caer en el sofá y se mantuvo mirando sombrío el café, que aún no había probado. A su vez, don Patricio se sentó comedidamente y torció el cuello, estudiándolo con un gesto expectante.

—Me alegra oírlo. Pero ahí veo el gran problema por el cual no puedo aceptar hacerme cargo de la publicidad del «No».

—Explíquese.

—Porque el frente que apoya al «No» está compuesto por ¡dieciséis partidos! Es un conglomerado tan amplio que no se puede pensar que tenga identidad. Y la publicidad necesita definir con claridad un producto. El éxito no se logra con vaguedades. Son tantos los partidos detrás del «No» que ni siquiera yo los conozco. ¿Y usted?

—Son dieciséis, más los comunistas, que apoyan pero no están en el bloque.

—A ver, enumérelos.

—Bueno, estamos nosotros, democratacristianos, los socialistas, los socialdemócratas, los liberales, los... ¿No podría ahora decir «etcétera»?

—¿Y usted quiere que de esa masa abigarrada de tendencias tan diferentes yo saque un concepto publicitario claro?

—Si no supiéramos que es el mejor, no habríamos acudido a usted.

El publicista se levantó víctima de una súbita comezón que lo hizo rascarse el cuello. Corrió la cortina y miró la cumbre nevada de la cordillera de los Andes.

—¡Qué curioso país que es Chile! A pesar de que soy el mejor publicista, estoy cesante en un país en que todo es publicidad. Por buen publicista, me amenazan, me meten preso, me torturan, me tiran de vuelta a la calle marcado a fuego. Cuando me ofrecen un trabajo que no puedo aceptar, es el mejor sueldo del mundo. Cuando me ofrecen una campaña que debería aceptar, el sueldo es ad honórem.

El senador avanzó hasta la ventana y puso sobre su hombro una mano fraternal.

—Su cuadro privado calza muy bien con el cuadro público. Una feroz dictadura que agarró el poder a cañonazos, bombardeos aéreos, torturas, prisión, terror, exilio, decide perpetuarse en el poder no por las armas, sino con el gesto versallesco de someter la continuidad del régimen a un plebiscito. Y como coronación de la ironía nos ofrece a los opositores quince minutos en la televisión por primera vez en quince años de censura total para que convenzamos al pueblo de que vote contra el dictador.

—Se van a legitimar internacionalmente como una democracia.

—Y la única manera de evitar eso es que les salga el tiro por la culata. Es decir, señor Bettini, que usted haga que gane el «No». ¿Qué me dice?

El publicista cerró los ojos y se frotó fuertemente los párpados como si quisiera borrar una pesadilla.

—Querido senador, no tengo ningún optimismo de que gane el «No». No creo que este país envenenado ideológicamente y aterrorizado se atreva a votar contra el «Sí», y no tengo ni la más mínima idea en mi cabeza de cuál podría ser el lema de la campaña.

Don Patricio le palmoteó afectuosamente una vez más y, levantando sus pobladas cejas, sonrió.

—Me parece un valioso capital para comenzar. ¿Acepta?

Por encima del hombro de don Patricio, Bettini vio estupefacto que su esposa levantaba el dedo pulgar aprobatorio asomándolo por la puerta entreabierta.

—Senador, he aquí la traducción chilena para la palabra japonesa haraquiri: ¡sí!

El político lo abrazó y calzándose el sombrero salió corriendo de la casa acaso temiendo que Bettini se arrepintiera.

Desde la ventana el publicista lo vio subir al coche, y también pudo observar cómo, una vez que hubo arrancado, un auto partía detrás de él.

Decidió no alarmarse. Mientras no apareciera públicamente con su campaña, no le daría un disgusto al ministro del Interior. En cuanto a la seguridad de don Patricio, al menos hasta el plebiscito debería estar a salvo. Si Pinochet se quería ahora legitimar como un demócrata, no podía mandar matar al jefe de la oposición. Buen argumento el de Magdalena. Pero para un país racional, no uno donde impera la arbitrariedad.

Ahora sí se permitió encender un cigarrillo y exhaló la primera bocanada sentado frente al piano. No se le ocurrió una canción para promover el «No», pero no pudo evitar que sus dedos golpearan las teclas en un irónico ritmo circense. Improvisó, como el buen Garrick riendo para no llorar, unas rimas:

Soy el Superman de la publicidad.
Un día estoy aquí, otro día estoy allá.
Por las noches vendo cárcel, por la mañana libertad.
Hoy me muero de risa, mañana me matarán.

Soy el Superman de la publicidad.
Me dan palos porque no llueve
y palos si hago llover de verdad.
Todos me golpean aunque digan que me quieren.

Magdalena entró al estudio y se apoyó en la cola del piano.

—¿Y?

Adrián se limpió la ceniza que le había caído sobre la solapa y, aspirando profundamente el cigarrillo, cerró la tapa negra.

—David y Goliat —dijo.

50

ONCE

A la salida del colegio me quedo en la esquina sin ganas de volver a casa. Si papá no está soy muy poco virtuoso. No lavo los platos de la cena y la vajilla sucia se acumula en la cocina.

Repaso en la memoria el número de teléfono del hombre que hablaría con el cura. Quizá ya tendría información. Pero no debía llamarlo desde la casa. Me quedo esperando que se desocupara el teléfono público frente al paradero del bus. Froto la moneda de cien pesos en la palma de la mano hasta que el metal se calienta.

En eso estoy cuando se me acerca el profesor Valdivieso.

—¿Un café, Santos?

—¿Para qué?

—Para el frío, digo.

Caminamos hasta la confitería Indianápolis y nos apoyamos en el mesón mirando las nalgas de la dependienta envuelta en una minifalda dos tallas más chica que la que le corresponde. Cuando traen el café humeante, el profesor pone las manos en la taza para entibiarlas, y yo le echo azúcar en una cantidad que causaría el reproche de Patricia Bettini.

—Santos —dice entonces—, ésta no es una situación cómoda para mí. No es mi culpa que me haya tocado justo usted en el curso donde su papá hacía clases.

—Tampoco es culpa de mi papá.

—Acepté el puesto no por complicar la vida de su padre, sino porque la vida debe seguir adelante. Nuestros niños tienen que tener educación, pase lo que pase.

—Una educación *ética* —digo.

—A mí no me interesa qué ideas políticas haya tenido su padre.

—Bueno, nada muy especial. Su idea fundamental es luchar contra Pinochet.

—¿Ve usted? No puede ser que su padre mezcle una situación política como la que vive el país con la filosofía de Platón, que vivió más de dos mil años antes.

—No sé de qué me está hablando, profesor Valdivieso.

Toma un sorbo de café y la espuma de leche le ensucia el bozo y se limpia con la manga. Veo que el teléfono público del local acaba de desocuparse y aprieto la moneda dentro del bolsillo.

Él saca de su chaqueta un papel doblado y lo estira sobre el metal del mesón. Es un texto manuscrito. Lo lee en voz alta, pero acercándose a mí en tono confidencial:

—«Así se puede decir que los chilenos en la dictadura de Pinochet somos como los prisioneros de la caverna de Platón. Mirando sólo sombras de la realidad, engañados por una televisión envilecida, mientras que los hombres luminosos son encerrados en calabozos oscuros.»

—¿De dónde sacó eso, maestro?

—Son los apuntes de clase de uno de sus compañeros de curso, Santos. El joven se lo entregó al rector.

Doy con tanta fuerza vueltas la cucharilla dentro del café que el líquido se desborda sobre el plato. Detrás de la cajera hay un pequeño estante con cigarrillos de todas las marcas. Ahí está también el tabaco negro que fuma mi padre.

Si sólo supiera dónde está le llevaría una cajetilla.

—Espero, Santos, que no me guarde rencor por haber ocupado el puesto de su padre.

—No, de ningún modo, señor Valdivieso.

—Usted sabe que éste es el mejor colegio de Chile y que para un profesor joven entrar en él es un motivo de orgullo y un hito en su carrera profesional.

—No se preocupe.

—Es que hubiera preferido haber entrado en otras condiciones. Por ejemplo, ganando un concurso de oposiciones y no haber sido designado por el dedo del señor rector.

Me llevo el pocillo a la boca y soplo el líquido. Está demasiado caliente aún. Lo pongo sobre el mesón y devuelvo a la taza el café que se ha derramado sobre el platillo.

—Si usted no hubiera aceptado —digo—, cualquier otro habría tomado el trabajo.

—Ahí está el problema, Santos. Antes que a mí les ofrecieron el puesto al profesor Hughes y a la licenciada Ramírez. ¿Por qué sonríe, joven?

—Muy buena su clase de Aristóteles, profesor Valdivieso. Mi padre es un gran hincha de la *Ética a Nicómaco*. Por eso me dice «Nico». «Nicómaco» hubiera sido como mucho.

El hombre se saca los espejuelos John Lennon y se frota los párpados.

—Por cierto —dice—, veré de compensar de alguna manera el daño que le hago.

—No, maestro. Le ruego que no se preocupe. Yo estoy bien. Estoy *la raja*.

Pero cuando llamo finalmente por teléfono no quedo bien, ni *la raja*.

Los curas no saben en qué calabozo han metido al profesor Santos.

DOCE

En la tarde, Adrián Bettini fue a dar al centro de Santiago. En esa mescolanza que fundía a empleados de banco, personal de tiendas, ejecutivos bancarios, secretarias sobremaquilladas, minifaldas cortas que provocaban en los hombres miradas largas, creía sentir la verdad de una comunidad destruida por la violencia.

Del centro, cada uno volvía a su barrio, rico, de clase media, o a una población de construcciones precarias. En el contacto físico que les daba el centro se disolvía ese país tajantemente dividido. No habría otra entretención para todos ellos en la noche que ver televisión. Allí, si el dictador no cambiaba de juicio, en poco tiempo debería aparecer su programa de quince minutos convocando a esa masa derrotada, envuelta en abrigos gastados y chalinas hilachudas, para que votaran contra Pinochet. El silencio con que bebían sus cafés *express* en el Haití y la mirada perdida con que resbalaban por las caderas de las mozas eran un buen indicio de apatía.

En la portada del diario de *La Segunda* destacaba el titular: «Plebiscito el 5 de octubre.» Debajo de las le-

55

tras verdes con el logo del diario saltaban las letras rojas. Pero nadie compraba el periódico. Sólo él, que se detuvo en un subtítulo marcado con negritas: «Autorizada campaña del "No" en TV.»

Antes solía encontrar amigos del campo publicitario en ese café. O periodistas. Ahora la mayoría había abandonado el país y los amenos contertulios de otro tiempo discutían sólo asuntos de fútbol o los vaivenes del tipo de cambio. Éstos serían algunos de los destinatarios de su campaña. Más que inescrutables, sus rostros parecían tallados en la anonimia. No era miedo, sino la simple vida cotidiana exhausta de esperanzas. Se tomaban el café en un ritual lento sólo para demorar la vuelta a la oficina, donde enfrentarían las pantallas de los ordenadores con cifras y productos ajenos. Eso. Eran ajenos. Ya no les concernía su propia vida.

Volvió a casa muy tarde y sobre la mesa del escritorio estaba el mensaje de Magdalena: «Calienta el guiso en el microondas», una botella de vino tinto sin abrir y una marraqueta algo dura. Se sirvió un vaso de vino y sin golpear entró a la pieza de Patricia.

En la penumbra percibió a su hija durmiendo con un brazo rodeando la almohada. Encendió la tenue luz del velador y estuvo un minuto contemplándola. ¿Quién le podría enseñar cómo hacerla feliz? Lamentó los años tan arduos en que tratando de sobrevivir sin trabajo había tenido que aceptar labores ocasionales que no le permitían darle ni tiempo ni dinero a su pequeña. Apenas con trabajosos créditos pagaba las mensualidades de la Scuola Italiana.

Le habló con voz suave:

—Patricia, despierta.

La muchacha se sentó abruptamente en el lecho.

—¿Pasa algo, papá?

—Perdona, hija. Pero tengo que preguntarte algo importante.

—Dime.

—¿Qué vas a votar en el plebiscito?

—¿Y para esta tontería me despierta, papá?

—Por favor, contéstame. ¿Qué vas a votar en el plebiscito?

—¡No!

—¡Qué alivio! Al menos una persona que va a votar «No».

—No me has comprendido, papá. No es que vaya a votar «No». Lo que pasa es que no voy a votar.

Bettini tragó saliva. Deseó tener a mano un vaso de agua.

—¿Por qué no?

—Eso ya lo hemos discutido mil veces en el colegio. Ahora quiero dormir.

—Es muy importante que me lo digas ahora.

—¿Por qué?

—Porque acabo de aceptar hacer la campaña de publicidad del «No».

—¡Estás loco, papá!

—En eso estamos de acuerdo. Ahora dime por qué no vas a votar. Necesito profesionalmente esa información.

—Porque Pinochet va a cometer fraude. Ningún dictador organiza un plebiscito para perderlo. Porque

57

los políticos que están detrás del «No» son una bolsa de gatos sin un concepto claro de cómo conducir el país en caso de que ganaran. Porque estoy convencida de que este país no tiene salida. No creo que poniendo papelitos en una urna se derroque a un dictador que tomó el poder disparando balas.

—¿Qué piensan los otros estudiantes?

—Los de los cursos inferiores que aún no cumplen dieciocho no votan. En mi curso, lo mismo que yo.

—¿Todos piensan lo mismo?

—No. Hay los loquitos de siempre que piensan que tiene sentido votar «No».

—Como yo.

—Como tú, papá.

—¿Qué vas a hacer, entonces?

—¿Cómo que qué voy a hacer? ¿Qué voy a hacer para qué?

—Para que termine la dictadura. Para acabar con Pinochet.

—Nada.

—¡Patricia!

—¿Por qué se escandaliza, papá? En vez de perder el tiempo haciendo politiquería, voy a sacarme buenas notas, postularé a una beca, y me voy a ir lo más lejos posible de este país. Que se queden con él Pinochet y sus lameculos.

Bettini acercó su rostro a la luz del velador y Patricia pudo ver su expresión atónita.

—¿De modo que no tienes ánimo para luchar?

—¿Por qué? ¿Para qué, papá? Toma tu mismo caso. Estás sin trabajo desde hace años. Todo el mundo habla maravillas de ti, pero como se habla maravillas de alguien que ya está muerto. ¡De Napoleón, por ejemplo! Los tiempos cambiaron, papá. Hay nuevas reglas del juego. Tu actitud moralista me parece muy simpática pero la encuentro totalmente ingenua.

La chica alzó una mano y acarició un pómulo del hombre.

—Comprendo.

—¿Te hiero con lo que digo, papá?

—No, no.

Bettini se despegó lento del borde de la cama.

El techo parecía haberle caído sobre los hombros.

—No se vaya triste, papá. Yo a usted lo quiero.

—Lo sé, mi amor.

—Y a las personas que uno quiere hay que decirles la verdad.

—Estoy de acuerdo.

En el momento en que Bettini se aprestaba para abrir la puerta y salir, la muchacha saltó de la cama y lo abrazó muy estrecho.

—¿Papá?

—¿Patricia?

—Si tú diriges la campaña del «No», entonces voy a votar «No».

TRECE

Patricia Bettini es medio hippy pero no quiere acostarse conmigo antes que terminemos la secundaria. Ella ve el fin del colegio como una liberación. Se imagina todas las cosas buenas de la vida juntas: la universidad, el sexo y, por supuesto, el fin de Pinochet.

Es como cuando los católicos hacen una manda. Se le ha puesto en la cabeza que, si se aguanta estos seis meses, tendrá un gran puntaje en la prueba de aptitud, entrará a Arquitectura y Pinochet será derrocado.

El martes quedamos de vernos y no apareció. En la tarde del mismo día llamo por teléfono y la voz me dice: «Lo siento, muchacho, no tenemos noticias de tu padre.» El miércoles a primera hora, igual que la semana pasada, hay llovizna. Por la Alameda pasan los buses hacia el Barrio Alto, donde van los obreros, las empleadas domésticas, los jardineros, a trabajar en las casas de los ricos. Los tubos de escape levantan el humo de la combustión hacia arriba y se mezclan con el gris del aire estancado.

Nadie parece estar haciendo algo para cambiar las cosas. Igual que yo, están paralizados.

En verdad, obedezco a papá. Él es profesor de filosofía y, si él ha dicho que estamos en el silogismo «Baroco», le creo. Tengo un breve sueño mientras miro la acera en la puerta del colegio a ver si encuentro un pucho encendido que apagar. Sueño despierto que entro a la sala, que llego levemente atrasado, que el profesor Santos está pasando lista, y que cuando pronuncia mi apellido le digo «Presente».

Estoy un poco tarde pero alcanzo a recibir la hoja con las preguntas que reparte el profesor Valdivieso. Quiere que le expliquemos partiendo del Mito de la Caverna de Platón cómo se asciende desde el mundo de las sombras hasta la claridad de las ideas.

Mis compañeros trabajan en silencio y llenan rápidamente la primera página.

Oigo cada vez el chasquido del papel cuando dan vuelta la hoja del examen para escribir por el reverso. Conozco el Mito de la Caverna al revés y al derecho y con papá hemos leído a veces los diálogos de Platón, donde él hace de Sócrates y yo de su interlocutor, pero en vez de contestar me quedo pensando en Patricia Bettini, en el impermeable de papá que recogió de la silla el día que se lo llevaron, y en la letra de la canción de Billy Joel, *Just the way you are*.

Cuando faltan cinco minutos para que termine la hora, creo que he logrado recordar completa la primera estrofa de la canción de Billy Joel y la escribo en español sobre la hoja de examen mientras la voy cantando en inglés:

Mira, no cambies
por complacerme,
no creas que por serme tan familiar
ya no me gusta mirarte.
No te abandonaría
en tiempos difíciles,
jamás lo haría,
me diste los años buenos,
tomo también los años perros
porque me gustas tal cual como eres.

No contesto absolutamente nada del Mito de la Caverna.

—¿Qué tal, Santos? —me pregunta Valdivieso cuando le entrego la prueba.

—Aquí estamos —digo, y salgo al patio entre los otros compañeros.

CATORCE

Bettini abandonó el local decidido a presentarle la renuncia a Olwyn. Por todas partes la suma de factores le daba el mismo producto: desánimo en la población, hábito a la dictadura, desesperanza confundida con tedio, actos heroicos y aislados de la resistencia pulverizados por el régimen, ninguna idea luminosa para iniciar la campaña y la voz del doctor Fernández sonando en su cabeza como un campanazo agrio: «Si quiere darme un alegrón, no acepte dirigir la publicidad del "No".»

Al entrar al gabinete de Olwyn decidió evitar la formalidad de un saludo para no arrepentirse.

—No se me ocurre nada —fue lo único que dijo.

—¿Cómo así, hombre?

—Éste es un país arrasado anímicamente por Pinochet. La gente está resignada. Renuncio.

—Tiene que crear una campaña que les dé ánimo.

—¡Ánimo! Todo lo ven de color gris.

—Diseñe una estrategia que les haga ver el futuro de otro color. Ahora no puedo perder el tiempo con usted. Yo tengo que sudar la gota gorda para mantener cohesionados a los dieciséis partidos que nos apoyan, conseguir que no se desmigaje el queque, y usted me viene con desmayitos metafísicos.

Bettini se dejó caer abatido en el viejo sofá de cuero.

—Me siento tan solo, señor.

—Pero ¿por qué? ¡El pueblo chileno y dieciséis partidos de oposición están a su lado!

—Preferiría que el partido de oposición fuera uno solo con una clara identidad y no esta bolsa de gatos de los dieciséis.

Olwyn pegó un puñetazo en la mesa. Parecía haber perdido su paciencia.

—¡«Bolsa de gatos»! ¿De dónde sacó esa expresión, Bettini?

—De mi hija, señor. De mi hija.

—¿De su propia hija?

—De mi propia hija, señor.

—A más tardar el sábado necesito el símbolo del «No», la canción del «No», el afiche del «No».

—Sí, señor.

—¿Qué va a hacer ahora?

—Tomarme un whiskey.

—¡Pero si usted es un genio! ¿No se le ha ocurrido nada de nada?

—Tonterías blandengues. Cosas del tipo «Democracia o Pinochet».

—Es para ponerse a bostezar.

—En cambio se me ocurre una muy buena para la campaña a favor de Pinochet: «Yo o el caos.» Tiene toda la precisión que nosotros no logramos. Además la gente no quiere libertad. Quiere consumir. Miran

66

embobados las propagandas comerciales y se endeudan para comprar todo. Pinochet les dice que si él pierde, los estantes estarán vacíos.

Olwyn le clavó la vista mientras se frotaba las manos como un sacerdote.

—¿Se sentiría más cómodo trabajando para el «Sí»?

QUINCE

En el estudio de la productora de cine Filmo Centro
se convocaron los voluntarios que querían dar su tes-
timonio de cómo estaban sufriendo la dictadura: madres con hijos desaparecidos, mujeres violadas, adolescentes torturados, obreros con riñones molidos a
golpes, ancianos sordos, cesantes sin hogar, estudiantes expulsados de la universidad, pianistas con las muñecas fracturadas, pezones mordidos por perros, ofi-
cinistas con la mirada perdida, niños con hambre.
Una mujer de cincuenta años se le acercó a Bettini
acompañada de un guitarrista.

—Quiero que presente en su programa mi cueca.

—Una cueca está bien —dijo el publicista—. Es
algo alegre.

—Este joven es mi hijo, Daniel. Es guitarrista.

—Hola, Daniel.

—Es una cueca dedicada a mi marido. Detenido
desaparecido.

—¿Con quién la va a bailar?

—Con él, caballero. Con mi marido.

Del pecho extrajo un pañuelo blanco y lo agitó finamente entre el índice y el pulgar de la mano derecha. El muchacho hizo los rasguidos introductorios y con voz aguda introdujo el primer verso: «Mi vida en un tiempo, yo fui dichosa...»

El hecho de que la mujer reaccionara a los pasos de baile de su desaparecido con una dignidad sin énfasis hacía su danza tanto más demoledora. Bettini se excusó con un gesto vago y fue hasta el baño.

Echó a correr el agua sobre su nuca sin importarle chorrearse la camisa. Y se frotó el rostro bajo el chorro como si quisiera pulverizar su palidez.

Así, de esa manera, también sus lágrimas se disolvieron en el lavatorio.

DIECISÉIS

—

Después del primer whiskey hubo un segundo y suavizó el tercero agregándole cubos de hielo hasta que el vaso se rebalsó. Entre sorbos, distrajo los dedos sobre las teclas del piano en arpegios que más bien dispersaron su imaginación antes que concentrarla. Sentía tal aversión hacia la apatía política de los chilenos que se preguntó si el suicidio del presidente Allende había tenido sentido en un país tan pusilánime. ¿Qué quedaba de ese nervio de los años setenta? Toneladas de escepticismo, lastre gris que impedía volar.

En la televisión no había sino programas de concursos, estelares de musas revenidas, boleros de afeminadas lentejuelas, noticias con voces engoladas sobre el nuevo asfalto en una calle de Ñuñoa.

Y publicidad.

Vértigo de propaganda, departamentos, *brassières*, *jeans*, lápices labiales, leche achocolatada, perfumes, créditos bancarios, colchones, supermercados, anteojos, vinos en cajas de cartón, pasajes a Cancún, universidades privadas. Los *spots* publicitarios eran tanto mejores que las telenovelas y los cantantes de moda.

No le extrañaba: todos sus amigos cineastas, hoy cesantes, hacían cameos con un nombre falso en las empresas de publicidad. La gente estaba acostumbrada a este lenguaje. Es lo que convendría para su *producto* «No». Presentarlo apetecible como un helado de fresa, como un *champagne* francés, como una vacación en Punta del Este, como un traje de Falabella, como un crujiente pollo a la *spiedo*.

Se lo dijo a Magdalena cuando se sentaron a cenar. Mientras lo oía, la mujer arrancó migas de la marraqueta y comenzó a hacer pelotitas con ellas. Hasta que no contuvo más el silencio y limpiando de un palmotazo el mantel enfrentó a su marido.

—El «No» a la dictadura no es un producto. Es una profunda decisión moral y política. Tienes que convencer a la gente que es su dignidad la que está en juego. Tú siempre mantuviste tu ética. No te prostituyas ahora.

Bettini también elevó la voz.

—Sé que el «No» no es un producto. Pero para convencer a la gente, Pinochet ha hecho publicidad en la televisión durante quince años. A mí sólo me dan quince minutos para seducir a los «indecisos» a que voten contra él. Tengo que excitar a los chilenos a que compren algo que hoy no hay en el mercado.

—¿Qué?

—¡Alegría! Partamos por un dibujo, una simple idea que sea el afiche de la campaña.

Desplegó la cartulina blanca sobre el mantel y sujetó con cuchillos sus bordes.

—Vamos por parte —propuso la mujer—. Esa simple idea, ¿qué debe expresar?

—Debe ser un dibujo que de un solo golpe visual nos diga que hay dieciséis partidos que difieren esencialmente entre ellos pero que se han unido para triunfar.

Magdalena marcó en la cartulina un trazo con el plumón negro.

—Una mano. ¿Qué te parece? Son cinco dedos, pero una sola mano. Da la idea de unidad y diversidad.

—Hum. A esa mano le faltan dedos.

La mujer trabajó sobre la imagen inicial.

—Entonces dos manos que se estrechan. ¡Diez dedos!

—Todos los dedos son del mismo color.

Magdalena derramó tinta china sobre el cartón.

—Una mano blanca y una mano negra.

—¿Quién la va a mirar? Éste es el único país de América Latina donde no hay negros.

—Mira esto: una mano que aprieta una acuarela.

—No está mal. Pero una mano que aprieta es un puño. Un puño les puede gustar a los socialistas y a los comunistas pero no a los democratacristianos y a los liberales.

—Olvidémonos de las manos. ¿Qué texto va con la imagen?

—«No».

—¿Nada más?

—El «No» es más fuerte solo que mal acompañado. Todos tienen que tener una razón para votar «No» y el afiche tiene que ser lo bastante amplio.

73

—Le falta contenido, Adrián. «No más tortura», «No más miseria», «No más desaparecidos», «No más exilio».

—*Nooooo* me cantes el mismo tango triste que hemos bailado todos estos años. Lo nuevo tiene que ser la alegría. La promesa de algo distinto.

—Frívolo y banal.

—Mi clavícula quebrada te agradece esos elogios.

—No tienes principios.

—Pero tengo finales. Y mi final es que debo hacer que gane el «No», y con tu ayuda patética, militante y melancólica no voy a llegar muy lejos.

—Pero ¿qué es lo que te falta?

—Alegría. Luz al final del túnel.

—¿Cómo hacer de una palabra negativa algo positivo? Los del «Sí» la tienen fácil. «¡Sí a la vida!», «¡Sí a Chile!».

—Necesito una pausa. Necesito una tregua. Necesito un milagro.

El timbre sonó cantarino como una campanilla de trineo navideño. Ambos se dieron vuelta al mismo tiempo hacia el reloj sobre la muralla, y luego se quedaron mirando con la pregunta colgándoles de las mandíbulas.

Cuando la campana volvió a sonar, Magdalena se echó el pelo atrás, lo ató con un elástico y fue hacia la puerta.

—Yo abro —dijo.

DIECISIETE

Los chicos del movimiento Pro FESES, que quieren unir a los estudiantes secundarios de todo Santiago, piensan que el hecho de que papá esté desaparecido es un excelente pretexto para tomarse el colegio y me citan a una reunión en la biblioteca.

Yo sigo las instrucciones del viejo y les digo que no me meto en política. Según Patricia Bettini esto no es meterse en política porque se trata del papá de uno, del profesor de uno.

«Pero no el tuyo», le digo envolviéndome en la bufanda.

Aunque en seguida me arrepiento porque a su papá hace algunos años lo agarraron y le quebraron la clavícula.

Los principios del movimiento secundario me los sé de memoria: desestabilizar a la dictadura provocando desórdenes para crear la sensación de que el país es ingobernable, y unir a todos los que están contra Pinochet tengan o no partidos políticos, aunque sólo quieran líos, *just for the fun of it*.

Aquí a todos nos ha dado por decir algunas frases en inglés. Las aprendemos en las canciones, o con nuestro maestro Rafael Paredes, que el próximo mes parte a Portugal porque lo han contratado para hacer una película. Mi viejo piensa que es un momento muy oportuno para que se vaya a Portugal, a Grecia o a cualquier parte, porque sabe con certeza que la policía anda detrás de él y de toda su familia.

Mi viejo y el profe de inglés son íntimos. Sólo que tienen una disputa interminable. No se ponen de acuerdo sobre quién es el más grande hombre de la historia. Mi papi vota por Aristóteles —en quien nace y termina todo, asegura— y Paredes por Shakespeare. En el fundillo de mi corazón yo estoy más cerca de mi profesor Paredes, pero cómo voy a enfrentarme con el papi.

Claro que los dos son puntudos.

Mi viejo se nota menos. Es más reposado. Paredes proyecta su presencia como cantante de ópera.

Si el profe de inglés pasara a la clandestinidad, no tardarían en agarrarlo, pues mide casi dos metros y tiene un vozarrón que retumba en los viejos muros del colegio cuando entra a la sala. En las mañanas hace clases, y en las noches actúa en un grupo de teatro. Siempre le dan papeles de rey, de comendador, o de ministro, porque es así como impresionante. Cuando llega al aula arroja el libraco de clases sobre la mesa y lanza frases de Shakespeare que debemos memorizar e interpretar en una hoja que llevamos al día siguiente.

La última fue: *«Stars, hide your fires! Let not light see*

my black and deep desires.» Tenemos que estrujarnos el cerebro para ver qué quiso decir Shakespeare con eso. Lo que pasa es que Macbeth está tentado de ser rey y el camino más directo es asesinar al rey mismo. A la Pinochet, digamos. Pero le cuesta su poco decidirse. Aunque su vieja le echa carbón. La vieja es todavía más mala que Macbeth.

El profesor Paredes llama a William Shakespeare «tío Bill».

En el fondo ésta va a ser la última frase que entrará en la prueba de inglés después del estreno de *La cueva de Salamanca,* y promete que las corregirá con «piedad» si actuamos bien.

Tras la prueba se despide hasta octubre siempre y cuando lo dejen volver a Chile porque la película que va a hacer en Europa es puntuda.

Una película «puntuda» es una que no les va a gustar a los milicos.

El clima sigue malo. La llovizna se nos impregna en los pómulos y los gases de los automóviles nos hacen toser. En la esquina nos parapetamos bajo el techo del paradero de buses a fumar un cigarrillo con pocas ganas de volver en seguida a casa.

Al lado nuestro hay un chico de pelo largo e impermeable azul que nos llama la atención cuando mira en dirección contraria a la que vienen los buses. De pronto saca del bolsón un montón de hojas y nos pasa una a cada uno del grupo. Después se sube a la primera micro que arranca y desde la pisadera nos guiña un ojo.

La hoja celeste se titula «Acción» y contiene instrucciones para que nos tomemos el liceo en protesta por los profesores que han despedido. Yo creo que a todos nos da vergüenza tirar el papel a la acera y terminamos metiéndolo en la mochila.

DIECIOCHO

El hombrecito que hacía sonar el timbre de la casa con el alboroto de una maquinista de tren poseía una cabellera hirsuta que lo elevaba diez centímetros por encima de su frente y un par de lentes gruesos enmarcaban los vidrios de sus anteojos. El bigote le caía desordenado sobre sus labios, y parecía que ningún pelo rimaba con otro. Su atuendo no le iba a la zaga: un traje negro pulido por los años destellaba por aquí y allá contrastando con algunas manchas de vino o ketchup, asunto que Magdalena de Bettini no supo determinar a primera vista.

—¿Señor? —inquirió tentativamente la mujer ante el aspecto sorprendente del sujeto.

—¿Es la casa de Adrián Bettini?

—Efectivamente.

—¿Del gran publicista Adrián Bettini?

—Eso dicen algunos.

El hombrecito se inclinó con una reverencia anticuada.

—Necesito hablar con él.

—¿De qué se trata? —dijo Magdalena tratando de

juntar un poco más la puerta para impedir que el hombre empinado en la punta de sus pies localizara a su marido al fondo del *living*.

—Confidencial.

—Soy su esposa. Puede hablarme con toda confianza.

—Confidencial, señora, confidencial.

—Pero si al menos pudiera decirme de parte de quién viene...

El hombre carraspeó limpiándose al mismo tiempo la frente con un pañuelo gris. O un pañuelo que alguna vez había sido blanco. Otro tema difícil de discernir para Magdalena.

—Vengo de parte del joven Nico Santos. Mi contraseña es «Nicómaco». Para abundar en detalles: la ética de Aristóteles. ¿Puedo pasar ahora?

La mujer amplió la abertura de la puerta y el hombrecito se filtró con la velocidad de un lagarto. En segundos estuvo frente a Bettini, quien replicó con una sobria inclinación de cuello a la versallesca inclinación de su visita.

—*Mister Bettini, I guess?* —dijo con una sonrisa que le elevó hasta la nariz su poblado mostacho.

—*Yes* —exclamó el publicista.

—Mucho gusto en conocerlo, caballero. Me llamo Raúl Alarcón, pero mis amigos me dicen *Florcita Motuda*. Mido un metro cincuenta y ocho centímetros y soy poeta y compositor.

—¿En qué puedo servirlo?

—Me manda Nico Santos. Nicómaco, suegro.

—Dígame.

—El Nico me dijo ayer en el colegio que usted va a encarar la publicidad del «No» con alegría. Que usted nos va a decir que cuando gane el «No» la alegría volverá a este país.

Bettini intercambió una mirada con su esposa y pudo ver cómo ésta se llevaba un dedo a la sien indicando que al sorpresivo huésped le faltaba un tornillo.

—Ésa es mi intención. Pero hasta el momento no he llegado muy lejos. Ni siquiera tengo la canción para la campaña.

—Por eso es que Nico, Nicómaco, me mandó a verlo. Yo tengo la canción del «No» que usted necesita para la campaña.

—¿La compuso usted?

—Oh, no. La compuso Johann Strauss. Pero la letra es mía.

—Cántela, por favor.

Alarcón movió su cabeza en distintas direcciones como picoteando el salón con su mirada.

—¿Piano *habemus*?

—*Habemus* —repuso Bettini sintiendo que una súbita palidez le teñía el rostro.

Lo condujo hasta el estudio, levantó la tapa del Baby Grand y le indicó al visitante el sillín giratorio. Antes de sentarse, el hombrecito limpió la felpa del pisito con la manga de su chaqueta. Hizo desfilar los dedos en un par de escalas y aspiró profundo antes de golpear nuevamente las teclas con un acorde atronador.

El próximo minuto fue una briosa interpretación de *El Danubio azul*. Luego se detuvo abruptamente y le clavó al dueño de casa una mirada desafiante.

—¿Cacha la melodía?

A pesar de la creciente palidez, Bettini no pudo dejar de sonreír ante el coloquial «cacha», en principio impropio en ese personaje que le parecía arrancado de una página de la picaresca española del Siglo de Oro.

—La cacho —dijo cauteloso—. Se trata de *El Danubio azul* de Strauss.

—¿Usted cree que habrá en este país algún individuo o individua que no sea capaz de entonar esta canción?

—Francamente, lo dudo. Es un tema muy *oreja*.

Alarcón se golpeó alegremente los muslos.

—*Oreja.* Efectivamente, un tema muy *oreja*.

—Ahora estoy curioso por saber adónde nos lleva todo esto.

Los ojos del hombrecito despidieron chispas.

—Así que está metido el huevoncito, ¿ah?

Si Bettini no había dado crédito a sus ojos al ver a Florcita Motuda en su atuendo intemporal, ahora no dio crédito a sus oídos tras oír esta verdadera antología de argot chileno. Pero la curiosidad lo azuzaba más que el espanto.

—Estoy metido, Alarcón. Supermetido.

—Y ahora, cáchese la ondita. —Carraspeó y se humedeció los labios—. Perdón por la voz, caballero.

—Adelante.

Tras una breve y florida introducción al piano, Raúl Alarcón, alias el *Chiquitito*, también llamado por sus amigos *Florcita Motuda*, emitió el siguiente texto sobre el inmortal *El Danubio azul* de Strauss:

Se empieza a escuchar el «No», el «No»
en todo el país, «No, no»,
cantan los de allá, «No, no»,
también los de acá, «No, no»,
canta la mujer, «No, no»,
y la juventud, «No, no»,
el «No» significa libertad,
todos juntos por el «No».

Por la vida: «No.»
Por el hambre: «No.»
Y el exilio: «No.»
A la violencia: «No.»
Al suicidio: «No.»
Todos juntos bailaremos
este «No».

No, no.
No, no.
No, nooo.
No, no, no.
No, no.
No, nooo.
No, no.
No, no.
No, no.
Todos juntos bailaremos este «No».

No, no.
No, no...

—¿Me permite que lo interrumpa un momento, señor Alarcón?

—Por supuesto, señor Bettini.

—Tengo que hacer un llamado exactamente a esta hora.

—Comprendo.

—Vuelvo en seguida.

Bettini marcó los dígitos del teléfono de Nico Santos como si lo estuviera apuñalando.

—¿Nico?

—¡Don Adrián!

—Está aquí, en mi casa, Alarcón.

—¿El Chiquitito?

Bettini miró al personaje, quien le hizo una simpática morisqueta con la mano.

—El Chiquitito, sí.

—¿Y qué le parece?

—Me parece que si me vuelves a mandar a un loco como éste no te dejo entrar más a mi casa. Además, le prohíbo a Patricia que vuelva a verte.

—Pero ¿qué le pasa, don Adrián?

—¡Me pasa que creo que en este país no cabe un gramo más de locura y tú me metes en mi propia casa al rey de los locos!

—¿Y?

—¿Y qué?

—No quería alegría, don Adrián. Ahí la tiene, pues. «No, no, no, no, no, nooo...» ¡Yo lo encuentro genial!

Bettini canceló la comunicación poniendo lúgubre el fono en la horqueta. Con la cabeza gacha caminó hacia Alarcón, que lo aguardaba expectante.

—¿Y qué le pareció mi *Vals del No,* señor Bettini?

El publicista dejó caer las sílabas como piedras de su boca:

—*Genial,* señor Alarcón. *Genial.*

—Gracias, pero yo sólo me atribuyo la mitad de la obra. La otra mitad se debe al talento de Strauss.

—Alarcón y Strauss.

—Una dupla ganadora.

—Usted y Strauss se entienden a la perfección.

—Como gemelos.

—Como uña y mugre, como culo y calzón.

—Exactamente.

Bettini lo agarró del cuello y sin dificultad consiguió levantarlo del piso. En vilo lo llevó hasta la puerta de salida y allí le aplicó el empujón final.

—¡Fuera!

Recién entonces se dio cuenta de que, llave en mano, Patricia Bettini acababa de presenciar la inusual escena.

DIECINUEVE

—

A la hora de gimnasia estamos saltando sobre un caballete para luego dar una vuelta de carnero sobre la colchoneta y volver corriendo a la fila de alumnos a empezar todo de nuevo.

Vestimos camisetas blancas y pantalones cortos y el ejercicio no alcanza para combatir el frío. Nos frotamos los muslos y los antebrazos. El profesor sopla con un pito de árbitro cada vez que quiere que cambiemos el ritmo de nuestros saltos y piruetas. Debe sentirse bien dentro de su buzo azul. A su lado hay un chico de nuestra misma edad a quien lo hace observar todo lo que hacemos. Después de un rato me pide que le deje un espacio delante mío en la fila.

—Es un alumno nuevo —me explica—. Un chileno que vuelve de Argentina.

Está calentándose las palmas de las manos soplando su aliento entre ellas.

—¿De dónde vienes? —le pregunto.

—De Buenos Aires. Mi viejo estaba exiliado y le permitieron volver. Le sacaron la «L» del pasaporte.

—¿Cómo te llamas?

—Héctor Barrios.

—¿Y cómo te dicen? ¿*Tito*?

—No. *Chileno*.

—Bueno, búscate otro apodo porque acá en Chile todos son chilenos.

Corremos juntos hasta el caballete, pero antes de saltar se paraliza y mira angustiado al profesor.

—¿Que le pasó, Barrios?

—No sé, maestro —dice con un acento totalmente argentino—, es que al llegar al *coso* lo vi tan alto que no creí que pudiera saltarlo, no creí.

—El *coso* está perfectamente diseñado para un joven de dieciocho años. Vuelva a ponerse en la fila y sáltelo.

Lo acompaño de vuelta al punto de partida.

—Una vez salté uno de ésos y me torcí la muñeca —dice.

—Está bien. Olvídate. Yo le explico al viejo.

—Gracias. ¿Cómo te llamás?

—Nicómaco. Pero me dicen *Nico*.

—En Buenos Aires tenía un compañero de curso que se llamaba Heliogábalo.

—¿Cómo le decían?

—*Gabo*.

—Como García Márquez.

—Justo.

Tomo impulso, corro y en forma limpia atravieso toda la barra de cuero y ruedo suave por la colchoneta. Después voy hacia el maestro.

—¿Qué le pasa al Che?

—La muñeca, profe. Se la fracturó un horror.

—¿En Argentina?

—Pobre —asiento.

—¡No me digas!

Le hizo seña de que viniera.

—De ésta te excuso, Che. Todo sea por el abrazo de San Martín y O'Higgins.

Barrios me golpeó el pecho con un dedo.

—Ya sabía que me iban a decir *Che* en Chile.

VEINTE

Patricia vio cómo el hombrecito sin siquiera sacudirse el polvo de la chaqueta se levantaba de la acera y se alejaba como un perro con la cola entre las piernas.

—¡Dios mío! ¿Qué has hecho, papá?

Bettini entró a la casa dándole la espalda a la hija mientras le hablaba.

—Estoy tratando de componer la canción para la publicidad del «No» y se me mete en la casa ese loco que me canta «No, no, no, no» con la música de *El Danubio azul.*

—¿Echaste al Chiquitito?

—¡Chiquitito, pero con una locura inversamente proporcional a su tamaño!

—Pero, papi. Él cantó ese vals ayer en la Scuola Italiana. Es pegajoso. Hoy todos los estudiantes de mi curso lo estaban cantando.

Bettini se detuvo bruscamente.

—¿Los estudiantes *indecisos*?

—Todo el mundo. Ese vals es genial, papá.

Entraron al estudio y el publicista limpió con la

manga de su chaleco las teclas como si quisiera borrar las huellas de Alarcón.

—«Genial.» Lo mismo me dijo hace un rato tu pololo Nico Santos.

—¡Pero si es verdad! También fue al instituto y se lo tocó a los alumnos de allá. Va cantándolo de liceo en liceo, de universidad en universidad. Los mismos estudiantes lo esconden cuando llegan los pacos.

—No sería necesario. Es tan chico que basta con que le pongan un uniforme y pasa como alumno.

Se sentó al piano y enfatizando con el pedal desplegó la melodía emblemática de los años de Allende: *El pueblo unido jamás será vencido.*

—Tengo que conseguir un acorde que armonice a los liberales, a los democratacristianos, a los socialistas, a los socialdemócratas, a los radicales, a los cristianos de izquierda, a los verdes, a los humanistas, a los socialistas renovados, a los comunistas, a los centristas... ¡Qué cacofonía!

Patricia estuvo a su lado hasta que su padre cerró suavemente la tapa del piano, poniéndole punto final a su derrota.

—Papá, no seas tan retro. Si quieres animar a la gente a votar «No» con alegría, tienes que componer algo realmente alegre.

—Eso es lo que intento, pero no me sale nada.

—¡Un tema en buena onda!

—¿Un rock?

—¡Un rock! Algo liviano, como las cosas de los Beatles. ¡Tienes que lograr que la gente sienta que es rico decir que no! ¡Rico decir que no!

Patricia imitó el movimiento juvenil del cuello con el que Paul McCartney llevaba el ritmo sacudiendo su melena hongo.

—«*She loves you, yeah, yeah, yeah...*»

—Sólo que en mi caso tendría que ser «*She loves you, no, no, no...*». ¿Qué mierda hago con este maldito «No»?

—Algo juvenil, coqueto, gracioso. Algo con un gritito al final: «No, oh, oh...»

Bettini se frotó los párpados queriendo borrar las visiones de esta pesadilla.

—¿«No, oh, oh...»?

—Eso es. «No, oh, oh...»

—Adiós, Patricia.

—¿Te vas?

—No. ¡Te vas tú!

VEINTIUNO

En mi departamento está Laura Yáñez. Es la amiga
íntima de Patricia Bettini y al mismo tiempo todo lo
contrario de ella. Si la Pati es buena alumna y tiene
labios delgados y pechos pequeños y el cabello castaño, liso, y le cae en una cola de caballo que ordena
con un prendedor artesanal, Laura es morena, de ri-
zos alborotados y destellantes de gel. Tiene en pleno
invierno la tez cobriza como si siempre acabara de
llegar de la playa, su bolsón está lleno de calcoma-
nías de los ídolos pop que salen en la televisión, sus
labios son carnales y acentuados por un *rouge* violento con que los impregna en cuanto sale del colegio.
El pecho le desborda la blusa del uniforme, y ella
voluntariamente desabotona lo suficiente para que
veamos la vertiginosa curva superior de sus tersos senos. Tiene una sonrisa fácil que le desgrana la boca
en una dentadura perfecta y pasa todo el tiempo moviendo las caderas como si oyera alguna música tropical.

De su vida en el colegio tiene un solo comentario:
«Soy una leona en una jaula.» Este lema se traduce en

su libreta de notas, donde los números rojos parecen un festival de guindas al fin del semestre.

Le preparo una taza de té y no me pregunto qué trae a Laura Yáñez sin Patricia Bettini a mi casa, porque prefiero no saberlo. Su aporte al «tecito» es un paquete de galletas Tritón, de esas redondas, gusto a chocolate, rellenas de crema blanca. Después del primer sorbo dice que vino a pedirme un favor.

Ha llegado a la conclusión que aunque se quemara las pestañas estudiando día y noche nunca remontaría en el segundo semestre las notas rojas, y por lo tanto tendría que repetir el curso.

—Imagínate —me dice— el efecto que eso tendría sobre mi ánimo. Todas mis compañeras se van a la universidad, o se ponen de novias para casarse, y yo me quedo otra vez en la jaula pero con las pendejitas del curso inferior, que no las trago. Y eso en el mejor de los casos, porque mis padres ya me han amenazado que no les queda plata para seguir pagando la Scuola Italiana. Están hartos de sacrificio. Si repito curso, amenazan con mandarme a alguna escuela técnica o al Instituto de Gastronomía para terminar de cocinera en un hotel.

»En conclusión —masca con melancolía la punta de una galleta Tritón—, he decidido abandonar el colegio ya y entrar a trabajar y ganar mi dinero para comprar las cosas que me gustan.

El té me sabe amargo sin azúcar, pero lo bebo en silencio.

Sé cuáles son las cosas que le gustan a Laura: los tipos mayores, ser la reina de la *discothèque* bailando salsa, las poleras dos tallas menores para que la tela le hinche sus senos palpables, los *jeans* cincelados sobre la curvas duras de sus nalgas, y ver las teleseries soñando que algún día seduce a un productor que la descubre y la mete a trabajar en una y se hace popular y millonaria.

En cambio Aristóteles y Shakespeare le valen callampa. Lo único que le gusta de *Hamlet* es cuando Ofelia le pregunta qué está leyendo y el príncipe le contesta «palabras, palabras, palabras». Para Laura toda la cultura universal está expresada en palabras, y éstas son un cheque sin fondo. Según ella todo el mundo se llena la boca con la democracia, pero dice que mire lo que pasa en Chile. Su filosofía: vivir intensamente hoy, porque de todas maneras de repente te matan.

Conclusión, que quiere dejar ya mismo el colegio y entrar a trabajar.

Me queda mirando como si le hubiera encendido la mecha a una bomba y esperara que estalle.

Yo no digo nada porque estoy pensando en lo que veo, y lo que veo en mi mente en una pantalla tamaño cinemascope es lo que le espera a Laura si abandona el colegio.

Para no hablar me echo media galleta a la boca y la masco haciéndola crujir. Ella alza las cejas y me pregunta qué me parece. Sé muy bien lo que me parece pero también sé muy bien que yo no soy nadie para andar opinando de nada y en el fondo lo que me irrita ahora es saber por qué Laura viene a mí con este cuento y por qué no se lo echó, por ejemplo, a Patricia Bettini.

—Entonces quieres saber mi opinión —le digo.

—En verdad, no, Santos. Ya estoy decidida.

Saca de su bolsón un estuche de maquillaje y se mira la comisura de los labios en el pequeño espejo ovalado, y luego pasa la punta de la lengua por la zona donde tiene una pequeña herida que seguramente le arde.

—¿Le contaste esto a Patricia?

—Por supuesto que no.

—Es tu amiga íntima.

—Es mi amiga íntima. Pero también es muy cartucha.

Me levanto de la silla y abro la ventana que da a la terraza.

Son poco más de las seis pero ya oscurece en Santiago. Los neumáticos de los buses chirrían sobre el pavimento mojado y los pitos de los carabineros no consiguen que la congestión se alivie. Los conductores tocan la bocina como si eso los ayudara en algo.

Pongo más té en las tazas. ¿Cuándo volverá papá?

—Necesito tu ayuda, Santos.

—¿Cuál?

—He encontrado un trabajo muy cerca de aquí.

—¿Dónde?

—Atravesando la calle.

—¿Y?

—No les puedo contar a mis padres que no voy más al colegio. Saldré de casa en uniforme pero necesito que me prestes tu pieza para cambiarme de ropa. Ponerme algo *sexy*. No me toma más de cinco minutos.

—Mira, Laura, lo mejor es que no abandones el

colegio. Yo te puedo ayudar con inglés y filosofía. Patricia, con matemáticas.

—¿Y química, y física, e historia, y artes plásticas?

—Prefiero no ayudarte con lo de la ropa.

—Por favor, Santos. Son cinco minutos. Sólo los martes y jueves.

—No.

—Eres mi amigo íntimo.

—Patricia Bettini es tu amiga íntima. Yo, no.

—¿Por qué no quieres ayudarme?

—Porque no, no más. Simplemente no me tinca ayudarte.

Laura Yáñez se pone de pie y me perfora con la mirada.

—Eres un moralista, Santos.

Me parece rara esa palabra tan compleja en la boca de Laura Yáñez.

Porque lo que realmente quiere decirme es que soy un cagón.

O como diría mi viejo, «No eres ético, Nicómaco».

—Haz lo que quieras. Puedes usar el departamento. Aquí tienes las llaves de mi viejo.

VEINTIDÓS

Manipulando acordes, llenando ceniceros con cigarros a medio consumir, sorbiendo whiskeys a veces *straight* y otras *on the rocks*, Bettini se desparramó sobre el teclado —mitad ebrio, mitad exhausto— y le sobrevino un sueño. Las imágenes tenían la grandiosidad y precisión de una pantalla de cinemascope.

Sobre el escenario del Teatro Municipal un coro de alrededor de cien hombres y mujeres vestidos de gala —ellos, *smokings*, ellas, trajes largos de seda— espera la llegada del director mientras la orquesta afina cuerdas y bronces siguiendo las instrucciones del primer violín. A este inquieto bullicio se agregan las animadas conversaciones del público ubicado en los sillones de felpa roja, y el campanilleo de las pulseras de las damas que miran hacia los palcos, donde posan con indiferencia algunas figuras de la *socialité* chilena.

Bettini se ve a sí mismo en el sueño entre los bastidores y cree entender que su función allí es dar la señal de entrada para que el director de la orquesta y coro suban al escenario a ocupar su podio. Nota el nerviosismo de la audiencia en las toses y chasquidos de abanico con que las damas evitan que la transpiración les desconfigure sus maquillajes.

La afinación de los instrumentos llega poco a poco a su fin hasta que todo desemboca en un expectante silencio. El primer violín se ha sentado y dirige la vista hacia los bastidores asintiendo con su barbilla. Un funcionario del Municipal, provisto de una tablilla donde hay anotaciones técnicas, se acerca a Bettini y, tocándolo en el codo, le dice:

—Su turno, maestro.

En una ráfaga de fatal iluminación, Bettini entiende que está vestido con un impecable traje de levita, pechera inmaculadamente blanca y almidonada, y que eso que sostiene en la mano es una batuta. Recuerda entonces que desde que tuviera su diálogo con el ministro del Interior no había sentido su garganta tan seca. Los pies le parecen esculpidos en plomo y no atina a moverse hasta que el ujier le sonríe amable pero también compulsivamente profesional.

El hombre a su lado comete una impertinencia: empuja suavemente a Bettini hacia el proscenio y al verlo entrar los músicos se ponen de pie y el público le tributa una ovación.

Con la plena certidumbre de que la batuta que aprieta en su mano derecha es un puñal que no sabrá usar, siente cierto alivio al dilatar su inminente cataclismo haciéndole exageradas reverencias al público que lo aplaude. La ovación se diluye hasta extenuarse, pero no tarda en irrumpir un aplauso total y masivo de esos miles de espectadores que han vuelto simultáneamente sus caras hacia el costado izquierdo del escenario. La mirada de Bettini también acata ese rumbo, y cree estar soñando una pesadilla dentro de su pesadilla cuando descubre que el personaje que entra a ocupar el puesto de solista a los pies de su tarima es el señor Raúl Alarcón, es decir, el *Chiquitito*, o sea, *Florcita Motuda*.

El pequeñísimo sujeto no parece ser víctima de los terrores de Bettini y le tiende alegremente la mano. El maestro se la estrecha y, sin saber quién, cuándo, cómo ni por qué escribió este guión para él, levanta ambos brazos y con un enérgico golpe de su muñeca arranca de la orquesta los compases inciales del *Vals del No*, opus 1 de Strauss y Motuda.

Ignora todo de todo pero agita la batuta como si se tratara de la Quinta de Beethoven. Y, tras un largo suspenso, con un gesto de la barbilla le indica a Raúl Alarcón que asuma su rol de solista, y el señor Alarcón, pecho henchido, orgulloso, autosatisfecho, acomete los primeros versos de su coautoría con Strauss:

Se empieza a escuchar el «No», el «No»
en todo el país, «No, no, no, no»...

Y en menos tiempo del esperado una marejada de sopranos, contraltos, barítonos, bajos, tenores abundan estruendosos en el delicado estribillo:

No, no, no, no, no, no.
No, no, no, no, no, no...

La lujuriosa lámpara de lágrimas del Municipal tintinea con las vibraciones y devuelve en un *carrousel* mágico el destello de las joyas de las damas en la platea.

Y Bettini siente que la batuta empieza a naufragar en el sudor de sus manos, en la caldera de transpiración que le empapa el cuello almidonado, en las gruesas gotas que le nublan la vista.

Pero ya falta tan poco.

Apenas un impulso. Nada más que ese vibrato de los barítonos cerrando solemne ese «No» que originará el estallido de agudos de las sopranos, y ya es por fin —finalmente, por fin— el final, y los aplausos arrecian, y Bettini sabe que debe darse vuelta y saludar, pero se lo impide ahora un efecto arrebatador: las potentes voces del coro han logrado perforar el techo del Municipal, y por allí, desde un cielo impecablemente turquesa, desciende un arcoíris de infinitos colores que lo obliga a arrodillarse en éxtasis para orar a ese Dios instantáneamente creado allí mismo.

Siente que lo abrazan, que lo sacuden.

Abre los ojos, y tras la cortina multicolor de la última escena de su sueño, surge su esposa acompañada de Olwyn, quien lo apunta con un dedo compulsivo:

—¡Bettini! Aquí están conmigo el sastre que va a fabricar las camisetas del «No», el artista que va a confeccionar las banderas del «No», el gráfico que va a imprimir el afiche del «No», y el cineasta que va a filmar la imagen del «No» para nuestro espacio en televisión. ¡Bettini! ¿Me tiene el símbolo de la campaña?

El publicista estira el brazo hasta la tecla negra más

aguda del teclado, la aprieta y con el pedal mantiene su vibración en el aire.

—Un arcoíris —susurra.

—¿Bettini?

—Un arcoíris. El símbolo de la campaña del «No» es un arcoíris.

Olwyn extiende su muda perplejidad al equipo de realizadores y culmina su angustia clavando la vista en Magdalena. La mujer levanta los hombros y Olwyn apunta demostrativamente al vaso de whiskey a medio vaciar en el borde del piano.

—¿Un arcoíris, Bettini?

—Un arcoíris, senador.

—Don Adrián, esto es una campaña política y no un carnaval. Es cierto que la bandera norteamericana tiene unas estrellitas muy cómicas, pero... ¡un arcoíris! Jamás visto.

—Pues bien, ahora lo va a ver.

—Me lo recomendaron como el mejor publicista del país. No me deje en la estacada.

De pronto Adrián parece salir de su trance. Lo siente en el ritmo de su nueva respuesta. Ese *staccato* con el que acostumbraba a deslumbrar en sus años de gloria a los clientes cuyas cuentas apetecía.

—Escuche, senador. El arcoíris reúne las condiciones que queremos. Tiene todos los colores y es una *sola* cosa. Representa a todos los partidos del «No» y ninguno pierde su individualidad. Es algo hermoso que surge tras la tempestad, y con todos esos colores tiene lo que usted quería, señor Olwyn: ¡alegría!

El dirigente político tiene un intenso momento de

duda en que no sabe si entregarse al desmayo que lo amenaza o a esa tímida esperanza que le empieza a dibujar una sonrisa en los labios. Chasquea los dedos y se dirige a su equipo:

—¡Señores: el símbolo de la campaña del «No» es el arcoíris! ¡Pónganlo en las camisetas, en los sombreros, en las banderas, en los afiches, en las avenidas, en los muros, en el cielo!

Luego, con más voluntarismo que fe, se abalanza sobre el publicista envolviéndolo en un abrazo.

—¿Le costó mucho llegar a esa idea genial, Bettini?

El hombre mira con cierta melancolía el vaso de whiskey y acercando sus labios al rostro del ex senador le susurra en el oído:

—*Nocte dieque incubando.*

—¿Qué es eso, hombre?

—Latín. Colegio de curas, senador.

—¿Y qué significa?

—«Pensando en ello noche y día.»

VEINTITRÉS
—

El profesor Paredes llega recién a clases con el impermeable mojado. Lleva una bolsa de papel que contiene mortadela, pan y una botella de agua mineral. No
ha almorzado. Dice que llega tarde porque en un colegio privado de provincia hay un profesor de inglés
que está con quimioterapia y él ha aceptado reempla-
zarlo para que al colega no le quiten el sueldo. Los
dos metros que mide Paredes están llenos de solidari-
dad. El lunes tiene que pasarse la mitad del día viajan-
do en micro para llegar y volver de Rancagua. Parte
de su propio salario se le va a ir en pasajes, pero mientras tramita un petitorio de subsidio para el colega
con cáncer en el Colegio de Profesores, evita que su
familia se muera de hambre. Lo que no cuenta es lo
que todo el mundo sabe: que el presidente del Colegio de Profesores está preso.

El profesor Rafael Paredes apura las cosas. Le ha
llegado ya el pasaje para partir a la filmación de Portugal y no quiere dejar a medio camino la obra que
ensayamos con el grupo de teatro del colegio. De
modo que la próxima semana al mediodía habrá gran-

estreno-gran, lo que nos convierte a los actores en héroes: los chicos tendrán permiso para no ir a sus clases y asistir a la función. Nada nos gusta más en el instituto que capear clases. Los pendejos no entienden ni pío de teatro, pero con tal de librarse de física o química, seguro que repletarán el salón de actos.

Se trata del entremés de Cervantes *La cueva de Salamanca*. Es una historia cómica donde un marido se despide de la mujer para asistir en otra ciudad a la boda de su hermana. En cuanto el hombre parte, la dueña de casa y su criada se preparan para una orgía con sus amantes, que son el barbero y el sacristán de la aldea.

Bueno, yo hago el sacristán.

La vestuarista me ha traído una túnica morada y algunos medallones que me cuelgan del cuello. Cuando estamos en lo mejor del come y agarre con la criada y la señora, el marido vuelve y un alojado que ha llegado a la casa, el estudiante de Salamanca, le hace creer al marido engañado que tanto el barbero como yo somos dos apariciones. El cornudo se da por satisfecho con la magia de Salamanca y todos terminamos brindando tan amigos. Al estreno vendrá el rector, todo el cuerpo de profesores y el teniente Bruna, encargado de nuestro colegio. Él es un gran partidario de que los alumnos tomemos parte en actividades teatrales y literarias extracurriculares pues así los alumnos se mantienen lejos de los desórdenes políticos.

Lo que el teniente Bruna no sabe es que, cuando el portero se retira y nos deja las llaves, *La cueva de Salamanca* baja del escenario y aparecen dos actores profesionales que están ensayando con el profesor Paredes una obra muy puntuda de Tato Pavlovsky que se llama *El señor Galíndez*. Ésta sí es otra cosa. Se trata de dos torturadores que mientras esperan a sus nuevas víctimas políticas torturan a dos putas que les manda su jefe, el señor Galíndez.

La obra de Pavlovsky la trajo el Che Barrios disimulada dentro de *La isla del tesoro* de Stevenson.

Por cosas como éstas es que mi viejo piensa que es urgente que su colega Paredes se tome las vacaciones en Portugal, porque aunque *El señor Galíndez* se presentará clandestinamente en salas improvisadas, hay soplones en todos lados que en algún momento pueden delatarlo.

Hay varios actores que están amenazados de muerte. La semana pasada fue el cumpleaños del popular Julio Junger y un mensajero le llevó de regalo una corona fúnebre. Junger y el profe Paredes actuaron juntos hace algunos años en una obra de Harold Pinter que se llamaba *El cuidador*.

Yo estoy a salvo haciendo el pícaro sacristán. Aunque nunca se sabe, porque la semana pasada el Ministerio de Educación prohibió una obra de Plauto escrita hace dos mil años por considerarla blasfema. Claro que la obra se llamaba *El soldado fanfarrón*. Parece que Pinochet se dio por aludido.

Me gustaría más estar actuando en *El señor Galíndez* que en *La cueva de Salamanca*, pero mi viejo se muere tres veces si se entera. Además en esa obra participan dos actores capísimos a los que no dejan actuar en las telenovelas de la televisión. Aquí la TV entera es de

Pinochet. Si aparece uno que no es partidario de Pinochet, lo muestran esposado y dicen que es terrorista.

La Patricia Bettini en cuanto termine el colegio se quiere ir de Chile. Dice que este país no tiene remedio. Yo también me iría, pero no puedo dejar a mi viejo solo.

No tiene quien lo cuide. Lo echo mucho de menos.

Da la impresión que nada se mueve y que Chile se va a podrir con Pinochet. Hace un par de meses le hicieron una emboscada y le dispararon al auto en que viajaba. Claro que no le dieron. Las balas se estrellaron contra el vidrio blindado. En la noche Pinochet apareció en la televisión y mostró cómo las balas habían dañado el vidrio y dijo que era un milagro que estuviera vivo, y la prueba es que el impacto de las balas había dibujado en el vidrio el rostro de la Virgen María. Nada de raro que ahora pida que el papa lo canonice.

Los disparos esos pusieron muy nerviosos a los milicos. Inmediatamente salieron a las calles a matar gente en represalia. No creo que mi papá tenga nada que ver con eso. Es un pacifista. Dice que la violencia sólo trae más violencia. Pero yo no sé. Todo lo que he estudiado en el colegio dice que el mundo avanza con actos de violencia: la rebelión de los esclavos, la Revolución francesa, la guerra mundial contra los nazis. Pero Chile es tan chico.

A quién le importa lo que nos pase.

Si Patricia Bettini huye de Chile se me van a quitar las ganas de vivir. Ella estudia en la Scuola Italiana y yo en el Nacional. Tenemos en común al profesor Paredes: él enseña inglés en los dos colegios y dirige teatro en las dos partes. Aquí, Cervantes (entre paréntesis, Pavlovsky), y allá Ionesco.

Conmigo hace Cervantes, con Patricia Bettini, Ionesco.

Ella tiene un abuelo verdaderamente italiano en Florencia. Ningún problema en entender las películas italianas. Las mira sin leer los subtítulos.

Canta las canciones de Modugno y se sabe un poema de Leopardi: *«Fratelli, a un tempo stesso, amore e morte ingeneró la sorte»* («Hermanos siempre unidos, al amor y la muerte los unió el destino»).

Se me pone la carne de gallina porque tantas veces pasa eso. Con el profesor Paredes estudiamos *Romeo y Julieta* y es exactamente lo mismo.

En verdad es mejor que Patricia se vaya a Italia. Quiere hacer algo por mi padre. Quién sabe en qué lío se puede meter acá. Pero yo me corto las venas si se va.

Nicómaco en Verona.

VEINTICUATRO

El elenco de espontáneos que aporta Magdalena en su rol de productora de la campaña televisiva del «No» incluye las siguientes especies que Adrián Bettini —no habituado aún a los trajines de la excentricidad que ha inaugurado el *angelorum* Alarcón— observa con pavor.

Un barbudo estudiante universitario se presenta ante él y le pide que le haga una pregunta.

—¿Cuál pregunta?

—Pregúnteme qué le diría yo a un dictador.

—Bien —dice Bettini—. Señor, ¿qué le diría usted a un dictador?

El muchacho mira a derecha, mira a izquierda, mira al frente y saca entonces una enorme lengua sobre la que tiene dibujada el arcoíris y encima del arcoíris la sílaba «No». Espera ansioso la reacción del publicista.

—Está bien —dice Bettini, queriendo decir otra cosa.

Queriendo decir en verdad que ha entrado en un tobogán de delirios, como si Chile entero hubiera consumido una droga irreductible a cualquier terapia.

—Si me permite una sugerencia —agrega el joven barbudo—, le recomiendo que cuando yo saque la lengua con el «No» usted ponga como sonido el rugido de un león.

—Está bien —dice Bettini, tratando de entender por qué todo está mal.

Y entonces Magdalena hace entrar al segundo candidato a aparecer en la franja televisiva del «No».

Se trata de un bombero.

Con chaqueta de bombero.

Con casco de bombero.

Saluda a Bettini con un golpecito en su frente y solemnemente le espeta:

—Los bomberos de Chile estamos con el «No».

Incapaz de pensar algo más sofisticado, le pregunta en qué sentido un bombero puede ayudar a la publicidad del «No». El hombre saca desde su espalda un vaso de agua, lo levanta como brindando y su boca promulga la imitación de la sirena de un carro bomba: *«No, no, no, no, no, no, no, noooooooooooooooo.»*

Cuando termina, sonríe y bebe un sorbo del agua que tiene en la mano.

Bettini no ha tomado una gota de alcohol durante todo el día, pero sospecha que está ebrio. Camina hacia la pared del fondo, donde descubre al novio de su hija Patricia, el instigador Nico Santos, tratando de memorizar las líneas de un libro.

—¿Tú también eres voluntario para aparecer en la TV del «No»?

—No, don Adrián. Yo estoy preparando mi prueba de Shakespeare con el profesor Paredes.

—¿Y qué lees?

—*Macbeth.*

—¿Sabes alguna parte?

—Sé.

—A ver.

El joven, en vez de pararse a declamar, se tiende sobre una colchoneta azul y, apoyando su mentón en la mano izquierda, deja que fluya el parlamento de Macbeth:

—«Se derramó mucha sangre en los tiempos antiguos antes que la ley humana dulcificase los Estados.

»»Entonces se cometían crímenes demasiado terribles para ser contados.

»»Hubo un tiempo en que los hombres morían con el cerebro machacado, y eso era el fin.

»»Pero ahora los muertos se alzan con veinte heridas mortales en el cráneo y nos expulsan de nuestros tronos.

»»Esto es más extraño que el crimen en sí mismo.»

»Confío en que ahora el profesor Paredes me ponga un siete —dice Nico Santos disimulando con un cantito su bostezo—. ¿Qué se quedó pensando, don Adrián?

Bettini se frota los ojos y aprieta fuerte con dos dedos el tabique de su nariz.

—En la realidad. ¿Dónde está la realidad, Nico? ¿En Shakespeare o en esos locos allá en el set?

El joven Santos se levanta mirando hacia el fondo del estudio, desde donde surge un grupo de muchachas con mallas de bailarina cargando un arcoíris de cartón piedra.

VEINTICINCO

Anoche fuimos a un concierto de Los Prisioneros. Bueno, concierto propiamente, no. Tocata. Cuando un grupo de rock se presenta, le llaman al acto «tocata». Claro que éste fue tocata y fuga porque en cuanto salimos del galpón en Matucana, estaban los pacos con varios furgones en las puertas.

Al principio no agarraban a nadie, pero no faltó el descriteriado que les gritó: «¡Qué hacen aquí, pacos, chucha *e' su mare*!», y los pacos sacaron las lumas y comenzaron a golpearnos en la cabeza, y nos tuvimos que desbandar corriendo. Y había que correr bastante porque los dueños de los bares al ver llegar a la policía bajaron las cortinas metálicas y uno no encontraba dónde esconderse.

Las letras de Los Prisioneros son puntudas, pero el país no es tan puntudo como las letras de ellos. Eso es lo rico que tiene el rock. Parece que las canciones estuvieran más vivas que las personas. La batería y las guitarras dan la impresión que nos electrizaran las venas. Dan ganas de salir de la tocata e ir a tirar piedras a La Moneda. Pero la verdad es que al día siguiente todos andamos con la cabeza gacha, somnolientos y tratando de leer a última hora el texto de historia antes del control de lectura.

Y los profesores hacen las clases sin ganas mirando a cada rato el reloj a ver cuánto falta para que suene la campana. Es que les pagan pésimo. En Chile desprecian a los profes. No lo sabré yo de mi propio viejo.

Esta canción de Los Prisioneros es mi favorita:

> *Sangre latina necesita el planeta,*
> *roja, furiosa y adolescente.*
> *Adiós, barreras, adiós, setenta.*
> *Ya viene la fuerza,*
> *la voz de los ochenta.*

Patricia Bettini en cambio escucha los discos de su viejo. Onda Beatles y todo el resto. Se sabe temas de Joan Baez y Bob Dylan y dice que una cosa es cantar que viene la fuerza de los ochenta y otra que alguna vez venga. No cree que con el rock se derrote a Pinochet. Sin embargo su himno nacional es *Imagine* de John Lennon, que es de lo más pacifista. Piensa que no hay cómo sacar a Pinochet y que terminando el colegio se va a Florencia.

Tiemblo entero porque los tanos tienen gran pinta, se visten como príncipes, van a peluquerías de millón de dólares el corte, y juegan fútbol como los dioses. En cuanto a mí, me dice que si la quiero mejor que vaya aprendiendo italiano.

Suena parecido al español, pero todo es bastante engañoso. Por ejemplo, una *«persecución»*, no es una *persecuzione* o algo parecido, sino un *seguimento*. Me ha pasado un par de libros y lo que entiendo y me gusta lo subrayo. Por ejemplo esto de Dante está la raja: «*Libertà va cercando, ch'é si cara, come sa chi per lei vita rifiuta.*» («Va buscando la libertad tan querida, que por ella hasta desprecia la vida.»)

El profesor Santos me lava con agua y jabón la boca si me la oye decir. Él es el único que puede ser héroe en esta casa. No quiere que me meta en nada de nada. Así que también me aprendí el verso de una *canzonetta* con la que el otro día dejé a Patricia Bettini marcando ocupado: «*Tu sei per me la più bella del mondo.*»

Al salir de clases me estaba esperando. No más verme se me tiró a los brazos y me pidió que la abrazara fuerte, lo más fuerte que pudiera, que quería morirse. Yo dejé caer la mochila y la apreté detrás del carrito que vende *hotdogs* porque todos nos estaban mirando. No paraba de temblar y las mejillas le ardían. La llevé hasta el Indianápolis y la metí en el baño de mujeres y le mojé la cara con agua helada.

Se había venido corriendo desde el colegio.

Cuando llegó en la mañana, un helicóptero andaba sobrevolando Apoquindo y antes de entrar a clases vio un par de autos sin patente estacionados cerca de la esquina.

No me llama la atención que eso le hubiera llamado la atención porque son cosas a las que uno aprende a prestarles atención en Chile sin proponérselo.

Justo cuando va entrando al colegio se encuentra con el profesor Paredes, a quien siempre saluda con un beso, cuando desde un auto salen tres tipos de la policía que lo agarran y lo arrastran para meterlo al coche. El rector del colegio comienza a luchar con los tipos pero éstos lo golpean, lo arrojan al suelo, raptan al profesor Paredes y huyen con él en el auto.

Desde entonces no ha dejado de temblar.

Vinieron los carabineros y les contó todo lo que había visto y les habló de los autos sin patente, mientras el rector estaba sangrando en el suelo. Y al poco tiempo llegó en un coche diplomático el cónsul de Italia. Se bajó corriendo del auto y les pidió a todos los alumnos que entraran a la escuela.

Dante.

La libertad.

No sé cómo pero yo que la abrazo para que deje de temblar estoy temblando también.

VEINTISÉIS

Función uno.

Bettini convenció al embajador de Argentina de que invitara a los jefes de la oposición chilena a un homenaje al maestro del cine Armando Bo y su primera actriz, Isabel Sarli. Se mandaron contadas invitaciones para una proyección de *Carne*, a la que seguiría una degustación de pinots mendocinos y la presentación de un nuevo cabernet sauvignon de un empresario chileno con viñas en Pirque a quien los banqueros llamaban cariñosamente el *Demócrata Vial.*

Bettini quería la presencia de los dirigentes políticos de los partidos concertados contra Pinochet para santificar de una vez por todas la franja televisiva que tantas angustias le había provocado. La presencia de estos mañosos líderes le daría un aire ejecutivo a la reunión en la cual en verdad se proyectarían las primeras imágenes de la campaña del «No» en vez de la erótica historia de la Sarli, inocente criatura quien en el film no se puede explicar qué en ella despierta la lujuria y el salvajismo de los hombres.

El embajador de Argentina, en vez de decir *«È arri-*

vato Zampanò», como anunciaba la Massina a Anthony Quinn en *La strada*, saludó a sus comensales con un cómplice *«È arrivato il "No"»*.

Olwyn no quiso asistir a la primicia de la campaña del «No», pues se sabía muy vigilado y trataba de moverse en el mayor de los secretos. Ir a la embajada podría concluir en una imprudencia que les revelara los misterios de las imágenes del «No» a sus rivales. Tampoco llegaron los jefes de los partidos, sino representantes de segunda fila.

La ausencia de Olwyn condujo a Bettini a presagiar un desastre. Si el hombre que le había pedido «alegría» no hacía acto de presencia, ¿cómo podría él explicar a los aguerridos y sufridos militantes de izquierda que le tomarían examen, por ejemplo, el *Vals del No* de Florcita Motuda?

¿Entenderían su estrategia de envolver la cicuta en celofán de caramelo?

Prefería ver los quince minutos de la campaña junto con ellos por si se le hubiera escapado algún detalle; asegurarse de que unas tonterías de imágenes sueltas no pusieran en peligro la emisión del film en la televisión.

Era necesario ser prudente. Denunciar, pero no provocar. Incluso hasta halagar a Pinochet por su arrojo de querer democratizarse internacionalmente. Ante cualquier impertinencia arriesgada que sin querer hubiese construido iba a reaccionar a tiempo, aun antes que los censores, y su prestigio estratégico quedaría incólume.

De allí que le había sugerido al embajador que enviara una invitación a Olwyn para ver el film de la Sarli. «Impecable», pensó. Los espías del ministro del Interior informarían que Olwyn había ido a un acto cultural en la sede del país hermano. Lo que no sospechó es que el diplomático dispusiera efectivamente de un video de *Carne*.

—Es usted un perfeccionista, embajador. Seguro que cuando va a un bautizo exige que le muestren un bebé, y si asiste a un funeral se enoja si no le tienen un cadáver.

Bettini en persona ubicó a los adustos emisarios de Olwyn en los sillones más muelles de una improvisada primera línea. El embajador les encendió tiparillos holandeses, Patricia les acomodó banquitos que les permitiesen estirar las piernas, y Raúl Alarcón, alias *Florcita Motuda*, se esmeró en una reverencia al pasar por su lado.

El Che Barrios hizo la conexión a los parlantes y luego Bettini le extendió la mano y le indicó que se sentara su lado. Quería tener el privilegio de ver su propio trabajo con el improvisado y juvenil técnico al alcance en caso de que hubiera necesidad de interrumpir la proyección.

El embajador anunció unas palabras introductorias al film de Isabel Sarli. Dijo que esperaba ser gratamente sorprendido por tan distinguidos artistas. Tenía que comunicar a los distinguidos amigos presentes que el ministro del Interior lo había llamado el lunes para asegurarles a los diplomáticos acreditados en Chile que podían tener la total confianza —y comunicarlo así a sus respectivos países— de que fuera cual fuera el resultado del plebiscito le recomendaría al general Pinochet respetar el veredicto de las urnas.

—Ahora bien —expuso el embajador, pidiendo de antemano disculpa por la vulgaridad de la expresión que citaría textualmente con una sonrisa de perfecta dentadura—, también me dijo «cuando ustedes pierdan, reconozcan que cagaron».

El embajador transandino terminó sus palabras de saludo a este acto «ecuménico» —otra sonrisa ante el hallazgo del adjetivo—, donde los líderes de la oposición verían los quince minutos de la campaña de Isabel Sarli que iba a debutar en la pantalla de los canales de televisión dentro de pocos días en presencia de sus propios creadores.

—Si bien la Constitución del 80 obliga a Pinochet a este plebiscito, también es cierto que los militares tienen la potestad de meterse las constituciones por donde *ustedes saben* cuándo se les para el que *ustedes saben* también. No veamos las cosas tan en blanco y negro siempre, ¿viste? El general cumple, ¿viste?

Apuntó con su tabaco a Bettini y lo mantuvo en esa postura ampliando su discurso a la concurrencia.

—A decir verdad, ahora me temo algo genial, pues todos conocemos el talentoso *currículum* de este publicista. Un hombre que es «amarguito como la vida» y a quien en su momento el mismo ministro del Interior le pidió que hiciera la campaña por el «Sí». Él, que se define a sí mismo como un David entre Goliats, ha optado, pese a los riesgos que esto conlleva, por ser adversario del presidente. Es su legítimo derecho. Y ahora me muero de curiosidad por saber qué ha inventado para derrocar del corazón de los chilenos al general.

El embajador tomó en una mano el video de *Carne* y en la otra la cinta del «No», e inclinándose sobre los delegados de los partidos preguntó si podía entonces prescindir de la Sarli, a pesar de «las dos poderosas razones que ella tendría para ocupar la pantalla».

Todos rieron de buena gana y el joven estudiante chileno, recién repatriado de Argentina, Héctor Barrios, apretó el botón *play*. El embajador atenuó la luz y se inició la proyección de los quince minutos de la campaña del «No».

VEINTISIETE

Función dos.

El joven Nico Santos no pudo asistir al estreno privado de la campaña del «No», pues casi a la misma hora, en el aula magna de su colegio, tendría lugar la primera presentación del entremés *La cueva de Salamanca*.

Invitados especiales, en primera fila: el rector y el militar a cargo del colegio, el teniente Bruna, que alentaba las actividades culturales como un antídoto contra la protesta política a la que eran propensos los alumnos.

Ya maquillado para su rol de sacristán sibarita y lujurioso, Nico se asomó al proscenio filtrándose por un hueco de la cortina. Agradeció con una reverencia balletómana los aplausos y abucheos que le dedicaron sus compañeros en la platea y, pidiendo un minuto de tiempo al modo de los entrenadores de *basketball*, se aclaró la garganta y supo que violaría el pacto con su padre de no meterse en líos. Sufría con su ausencia, pero al menos lo consolaba que no se enteraría del inminente desatino en que estaba a punto de incurrir. Si el profesor Santos se hallara en el público, de seguro intuiría lo que Nico se aprestaba a decir y llevaría un rígido dedo a los labios conminándolo a callar.

—Ustedes se preguntarán, respetable público, qué hago aquí vestido de sacristán...

—¡Sí! —rugieron los estudiantes.

—Soy un personaje de la obra de Cervantes *La cueva de Salamanca*.

—¡Mala cueva, no más! —le gritó un guasón desde la última fila.

La risotada se extendió por todo el auditorio. Y Nico decidió, contemporizador, unirse al alboroto, sin perder de vista su objetivo siguiente.

—Espero que se diviertan con esta obrita de Cervantes. Cachan Cervantes, ¿cierto?

El teniente Bruna asintió satisfecho.

—*Don Quijote* —dijo el militar en voz alta.

—Del autor de *Don Quijote de la Mancha* —asintió Nico Santos dándole crédito con una sonrisa al teniente por su preciosa información—. Es una obra breve que espero les guste. El estreno lo teníamos pensado para la próxima semana, pero considerando las angustiosas circunstancias que envuelven al profesor Paredes, director de esta obra, hemos adelantado el estreno como un modo de llamar la atención de ustedes, compañeros, y de las autoridades del colegio, sobre el rapto del profesor, quien hoy es un —tragó saliva— «detenido desaparecido».

Los maestros que escoltaban al rector y al teniente en la fila de honor perdieron simultáneamente la sonrisa. La expresión «detenido desaparecido» era tabú. A lo más podía decirse «desaparecido». Y casi siempre agregar, como en los noticiarios, «en confusas circunstancias».

Nico Santos había prendido la mecha de una bomba, y los alumnos miraron hacia la puerta de salida con ganas de no estar ahí.

El rector hizo chasquear los dedos y le indicó a Nico que abrieran el telón.

—Que comience el show —dijo tan jovialmente como pudo.

Pero Nico Santos seguía febril en el proscenio, poseído de una repentina insensatez que le nublaba el cerebro y le aceleraba la lengua.

—En especial me dirijo a usted, teniente Bruna, para pedirle que con su alto rango e influencia en el ejército actúe para que nos devuelvan a nuestro querido profesor de inglés y director de esta pieza.

—Se hará todo lo posible —aseveró Bruna con una seca sacudida del mentón.

Por diez segundos las miradas de Santos y el teniente se mantuvieron mutuamente cautivas en el silencio que abrumó a la sala. Hasta que la bella adolescente del Liceo 1 de niñas que hacía de esposa, ataviada de tal manera que el volumen de sus senos no escapara a la lúbrica concurrencia juvenil, irrumpió en escena acariciando al marido. Al mismo tiempo lloraba lágrimas falsas cuya hipocresía acentuaba con un dedo que las perseguía mientras rodaban por su mejilla.

En cuanto el marido y futuro cornudo sale de la

escena, hace el gesto procaz con el dedo índice hacia arriba y le grita:

—«Allá darás, rayo, en casa de esa puta de Ana Díaz. Vayas y no vuelvas; la ida del humo.»

Entre bambalinas, Nico Santos observa que en primera fila el teniente Bruna mueve impaciente el pie de su pierna derecha cruzada sobre la izquierda, y levanta la falda de su túnica púrpura de sacristán para secarse el sudor de la frente.

VEINTIOCHO

La frase favorita de Bettini era de Albert Camus: «Todo lo que sé sobre la vida lo he aprendido jugando al fútbol de arquero. Especialmente que la pelota nunca llega donde uno la espera.»

El hombre de rostro agrio elegido allí mismo por los representantes de los partidos portavoz de todos autorizó que el embajador le pusiera un cubo más de hielo a su whiskey y luego alzó el vaso a la altura de sus labios.

—Creo que Olwyn se equivocó, Bettini. Usted ya no es el mejor. Fue el mejor.

—¿Tan mala le pareció la campaña?

—Inofensiva como un agüita de menta. Ese pretendidamente irónico desfile de los comandantes con el valsecito de Strauss de fondo hasta hace simpáticos a los militares.

—¿De modo que no la va a aprobar?

—¡Un valsecito de Strauss! Ya no tenemos tiempo de cambiar nada. Estamos jodidos.

—Un valsecito de Strauss —repitió Bettini pasándose el vaso con whiskey por la frente para calmar el ardor.

—Yo esperaba que ardiera Troya: que atacara a Pinochet con el tema de los detenidos desaparecidos, los derechos humanos, las torturas, el exilio, la cesantía... Y usted nos sale con un chistecito aquí, otro chistecito allá... ¡Y el valsecito de Strauss! Dígame, Bettini...

—¿Señor...?

—... Cifuentes... ¿En qué momento perdió la brújula?

—Realmente no sé. Tantos años sin trabajo...

—Pinochet puede ganar el plebiscito porque tiene huevos. Usted, al parecer, sólo canciones.

El publicista murmuró algo tan bajo que Cifuentes se inclinó para poder oírlo.

—¿Qué dijo, Bettini?

—Canciones y clavículas rotas.

—No diga pavadas, hombre.

El embajador abrazó a ambos y los llevó hacia el balcón. Por la avenida Vicuña Mackenna el tránsito avanzaba con dificultades.

—¡Qué desastre! —exclamó el embajador—. Parece que los semáforos de esta calle sólo tuvieran luces rojas.

VEINTINUEVE

—

Arranco la hoja del calendario. El mes que comienza
está lleno de feriados. Las Fiestas Patrias, el Día del
Golpe, el Día del Ejército. En la radio dicen que en el
mes de la patria va a haber una amnistía para los presos. Acaso suelten a mi viejo.

Falta poco para el plebiscito.

El padre de Patricia cambia de oficina cada tres
días. Trata de evitar que allanen los locales donde está
la cinta grabada de la campaña contra Pinochet. Quiere mantener en secreto las imágenes para que los publicistas del «Sí» no alcancen a reaccionar.

Estamos en clase de dibujo. Recién la profesora
nos explicó los girasoles amarillos de Van Gogh.
Dice que los colores provocan sensaciones, estados
de ánimo. El azul es el más triste de todos. Es un color frío, como el verde. Los otros son cálidos. Estamos en silencio con nuestras acuarelas pintando
algo que convoque una emoción. A la vuelta de la
página tenemos que escribir qué es lo que preten-
díamos con el dibujo. Espío el trabajo del Che. Se
trata de la cordillera, pero en vez de nieve en las

cumbres ha puesto ángeles que sacuden sus alas. No sé qué pretende.

Yo no tengo dónde perderme. Atrás anoté «Alegría» y adelante estoy pintando un arcoíris.

Entra el inspector Pavez. Tenemos instrucciones de levantarnos cada vez que llega una visita. Pero el inspector nos señala con las manos que permanezcamos sentados. Algo en la dirección de su mirada me hace intuir que no debo sentarme. Y así no más es, pues dice con su voz ronca:

—Santos.

Sé lo que están pensando todos los compañeros del curso. Sé que recuerdan el día en que se llevaron a mi padre. Y sé que saben que ahora me van a llevar a mí. Tenía razón el papi. No debí haberme metido en líos. Fui un estúpido al decir mi discursito delante del teniente Bruna. El inspector tiene cara grave. Una seriedad funeraria. Ahora temo que hayan encontrado a mi padre. Temo que lo hayan encontrado muerto y es lo que me va a decir el rector, y por eso la cara de Pavez con la mandíbula apretada.

Los chicos se han sentado, menos el Che.

—Te acompaño —me dice.

Me ha pasado la mano por el hombro y me aprieta el brazo. Siento la garganta áspera. Miro nuestros dibujos sobre la mesa y dudo si guardar mis útiles en la mochila antes de salir. Todo es tan horriblemente lento: yo no quiero partir y al parecer el inspector Pavez quiere demorar el minuto en que me lleve a la rectoría.

—¿De qué se trata, inspector? —dice muy suave la profesora de dibujo.

El hombre no contesta y da un manotazo en el aire conminándome a que me apure. Opto por dejar todo como está.

—¿Por qué cambiaste la nieve por los ángeles, Che? —le digo desprendiéndome de su abrazo.

—Nos hacen falta los locos.

Hace pasar de una hojeada las páginas de su cuaderno de croquis y en la mayor parte de las páginas tiene un ángel. A veces volando, o acostado, o sentado en la cuneta, o llevando una gallina en las manos.

TREINTA

Mientras subía al auto llevando de vuelta el video que sería la primera emisión de la campaña del «No», Bettini dudó que pudiera coordinar bien los movimientos. Las copas de más no eran nada comparadas con el sismo que recorría su cuerpo. De modo que los comisarios políticos encontraban que su campaña era inofensiva, un simpático comentario a pie de página, una mosquita muerta, un deslavado tecito de anciana.

Todas las noches de insomnio y furia contra el piano para parir «alegría» no habían conducido sino a sonrisas irónicas de los hombres que lo habían contratado.

Si el enemiguísimo ministro del Interior logró que le quebraran la clavícula, sus propios clientes le habían quebrado el alma.

Sintió en su estómago el sollozo. Los ojos hinchados. La llovizna era el fiel perro acompañante de los mendigos. Se tuvo piedad. Se abrazó a su autocompasión.

Este «No», que sería su reencuentro con la creación, comenzaba a ser una carta de despedida. Su padre le había enseñado a no poner demasiadas esperanzas en nada, a no hacer depender la vida actual del eventual resultado de alguna empresa. «Piensa siempre que vas a perder.» Una filosofía del todo alejada a la que practicaban su esposa Magdalena y sus amigas: consejos para mejorar la digestión, autoayuda, budismo en la vida cotidiana, zen para aquí, zen para allá. Si tienes malos pensamientos, convocarás los malos hechos. Si piensas positivo, la felicidad vendrá hacia ti moviendo la colita. Había creído en el *fucking* «No» como en el ángel de la guarda cuando era niño. Delegado en él su protección, sus anhelos. Había ido contra la sensatez y su certeza de que David no iba a vencer esta vez a Goliat. Que la poesía no tenía ni la fuerza del pulmón de un canario para vulnerar al ogro.

El pensar poético de Magdalena era puro *wishful thinking*. La marejada de la dictadura había arrojado sobre los roqueríos y las playas nada más que detritos de naufragios: Raúl Alarcón y su *partner* Strauss, Olwyn, convencido por su buena fe de que podría llegar a ser el rey de la libertad, y su sueño —ese arcoíris desprendido del cielo— era la premonición de un cataclismo y no un himno de victoria.

Puso la llave en el partidor del coche y sintió que el gas del tubo de escape entraba al cubículo por alguno de los varios orificios de su anciana carrocería. El olor de Santiago estaba allí, un animalejo impreciso duplicándose en la llovizna alentado por los faros de los coches que avanzaban con dificultad en la hora del taco, mordiendo los neumáticos recauchados hasta la ignominia.

Ya llegaría la primavera, pero no la de los poetas. La maldita primavera de la canción en la radio.

La primavera de septiembre de los militares que habían dado el golpe un martes 11 y que ahora —cuando viniera el plebiscito de octubre— verían limpiarse mágicamente las manchas rojas de sus uniformes. Pinochet ganaría con comodidad y seguiría flagelando al país incólume, muerto de la risa. Sus almirantes levantarían una vez más burbujeantes champañas.

Y el pueblo apuntaría el dedo hacia él.

Adrián Bettini había tomado, como en el poema de Frost, el camino menos transitado, y éste sí desembocó en la originalidad, pero también en el abismo.

¡Su campaña por el «No» y por la alegría no calentaba a nadie!

Aliviado, el ministro del Interior iba a autorizar su emisión por la TV gracias al inofensivo coro del futuro premio Nobel Raúl Alarcón. Ese «valsecito» había aguado la mecha explosiva que la gente esperaba se encendiera en ese breve escaparate de quince minutos. ¡Inocente humor en un país que había derramado sangre tratando de conseguir la libertad!

Inofensivo.

Al llegar a la esquina se llevó instintivamente la mano a la nariz para cubrir su estornudo. Bastó ese segundo para que su auto se estrellara contra el vehículo de adelante. No había sido gran cosa, apenas una herida más en el viejo Fiat, un rasguño más en la vida, en nada comparable con el abollón mayor en su alma.

De la resignación fatalista saltó al pánico al descubrir que el vehículo que había estrellado era un furgón de carabineros.

En una ráfaga de lucidez ocultó la cinta U-Matic con la campaña del «No» bajo el asiento del conductor y resignadamente accionó la manilla que abría su ventana.

Los bocinazos de los choferes impacientes por este nuevo atasco se amplificaron a través de la ventana abierta. Le hacían chirriar los nervios, justo en este momento en que necesitaba calma, cordura, sagacidad. Temple. Buen ánimo.

Allí estaba ahora el carabinero y su característico exceso de formalidad ordenándole agrio:

—Sus documentos.

Al hundir la mano en la chaqueta apareció junto a su billetera la invitación al acto cultural de la embajada argentina. Sintió que había allí la posibilidad de un refugio, una breve estratagema para amortiguar el golpe que vendría.

Le extendió la invitación con el escudo transandino. Tras mirarla con desgano, el policía se la devolvió indiferente.

—Sus documentos, señor.

—Sí, sí, mi teniente —dijo Bettini hurgando en su billetera. Mientras lo hacía, como exhibiendo un absurdo salvoconducto, agregó—: Sepa usted que vengo de una recepción en la embajada argentina. Aquí no más. A dos cuadras. En Vicuña Mackenna. Una recepción del señor embajador.

El uniformado tomó los documentos protegiéndolos de la llovizna con la mano izquierda.

—¿Su nombre es Adrián Bettini?

—Sí, mi teniente. Vengo de una recepción en la embajada argentina. La embajada de la hermana República Argentina.

—Apague el motor y bájese.

—Con mucho gusto. No sé cómo sucedió este lamentable accidente. El asfalto mojado...

—El asfalto está mojado para todos. Sólo usted choca.

—Sí, mi oficial. Es que yo venía de una recepción en la embajada argentina...

—¿Consumió alcohol?

Absurdamente trató ahora de cubrir su aliento. También absurdamente contestó:

—No creo.

—Va a tener que acompañarme a la comisaría, caballero.

Su colega desvió el tráfico hacia un costado y le indicó a Bettini que estacionara el auto sobre la vereda.

—Va *pa' dentro*. Conducir bajo el efecto del alcohol y daño a vehículo fiscal de las Fuerzas Armadas y de Orden.

Una vez que hubo puesto el auto al borde de un plátano oriental, Bettini se bajó del vehículo y, tras cerrarlo, quiso guardarse las llaves en el bolsillo. El carabinero le sujetó la muñeca.

—Con las llaves me quedo yo.

—Es que...

—¿Es que, qué?... ¿Cree que los carabineros le van a robar su auto?

No podía decir que *qué*.

Allí estaba la campaña del «No», que en pocos días iba a presentarse ante todo Chile. Para su humillación. Para su funeral. Su apocalipsis.

¿Para qué decir nada?

—Vengo de una recepción en la embajada argentina...

TREINTA Y UNO

—

El inspector me deposita ante la secretaria del rector como un bulto del que se quiere desprender rápido. Sin despedirse, abandona la oficina. La puerta queda abierta y puedo oír que sube corriendo la escalera hasta el segundo piso. La secretaria acciona el conmutador y se comunica con el rector. Dice nada más que una palabra:

—Santos.

Me indica con un gesto que pase.

Entro a ese recinto que me trae sólo malos recuerdos. Dos veces estuve allí. Me suspendían de clases por mala conducta y era la autoridad más alta del colegio quien lo comunicaba: «Vuelva con su apoderado.» La otra había sido por malas notas en química.

«Ácido sulfúrico. Escriba la fórmula, Santos, cien veces en su cuaderno.» «¡Agua, maestro! ¡H_2O! Deme un respiro, profesor Guzmán.» «No lo expulso sólo porque es hijo del profesor Santos.»

«Nunca más, rector.

»Estudiaré. Lo prometo.»

Hoy el salón me parece aún más oscuro y frío que en esas ocasiones. La estufa a parafina está apagada. Las cortinas caen espesas. Los óleos con los rostros de los próceres que estudiaron en nuestro liceo se ven todavía más antiguos. Colores fríos. Mucho negro, y marrón, y azul, y verde.

El rector está sentado tras su escritorio y parece dibujar algo sobre un papel. Probablemente esté llenando la página con círculos de distintos tamaños. Es lo mismo que yo hago a veces. Como cuando uno está ahí, esperando alguna cosa.

Y en el sillón de cuero, ancho, muelle y de piel gastada, rasguñada por un gato, veo al teniente Bruna. Tiene el quepis muy precisamente colocado sobre sus rodillas juntas. Con disciplina.

Nadie habla.

No me saludan.

Ni yo digo nada.

—Hace frío afuera —comenta el rector.

Como para comprobarlo va hasta la ventana y levanta un poco la cortina. La breve luz que se filtra por un par de segundos pasa hecha una ráfaga por delante del rostro del militar, que mira absorto la punta de sus botines. Todavía hay un silencio que yo soporto frotándome los muslos.

—Sí, hace frío —repite una eternidad después el teniente—. ¿Trajo su abrigo, Santos?

«Me van a llevar», pienso. Las lágrimas se me agolpan en los ojos. Por mí. Más que por mí, por mi papá. Las lágrimas no caen.

—Santos —dice el teniente aún con la vista baja—.

La vida es difícil para todos. Para un militar. Para un maestro. También para un alumno. ¿Comprende?

Comprendo, pero no sé qué me quiere decir. ¿Me quiere decir que me van a llevar? Tengo mi chaqueta de cuero colgada en un gancho del aula. La chaqueta de cuero negro. Por ella resbalan las gotas de lluvia. Me gusta cómo me veo con ella. Me gusta cuando jugando con la Patricia Bettini me golpea el lomo y suena «chas».

Ahora oigo la punta del bolígrafo del rector rayando la página. Estamos los tres ahí bailando un silencio. Como cuando alguien se muere y piden un minuto de silencio. Pasa un bus con el escape roto y luego se aleja y ahí está el silencio otra vez. Hinchado.

—Yo... —dice el teniente Bruna.

Y se interrumpe.

Da un feroz salto hacia mí y me abraza. Luego me aparta y me muestra la cara. Está triste. El teniente Bruna está tristísimo. Me tiemblan las rodillas. Quiero preguntar qué pasa pero no hay sonidos en mi garganta.

«Mi papá», pienso.

El militar se limpia las narices y recobra su postura. Abre la puerta y le pide a la secretaria que vaya a mi sala de clases y me baje la chaqueta.

—Una negra. De cuero —le agrego.

—Negra. De cuero —completa él también.

Afuera hay un *jeep* con el motor andando. El chofer es un soldado en uniforme de combate. De esos que se metamorfosean con el color del desierto. Igual que en las películas.

Subo el cierre metálico. El frío se me concentra en la barbilla. El *jeep* es descapotado. Mañana tengo prueba de historia. No alcanzo a estudiar. El promedio de notas de la secundaria está flojito. Me defiendo con inglés, filosofía y castellano. La profesora de dibujo me tiene buena barra.

En el semáforo de la esquina, el *jeep* frena. No puede ser. Ahí van cruzando la calle juntas Patricia Bettini y Laura Yáñez. Van abrazadas. Como contentas. Como que no saben nada de lo que me está pasando. Me pregunto si Santiago ha sido siempre así de triste. No las llamo. Por ningún motivo las llamo. Se mueren si me ven en este *jeep* militar.

Y el teniente Bruna se refriega un poco la cara. El hielo ataca fuerte.

Subimos por Recoleta, agarramos el Salto y desembocamos en un barrio con sitios eriazos.

El *jeep* llega a una zona acordonada por un camión de militares. También hay dos fotógrafos con las credenciales envueltas en plástico colgando sobre sus pechos. Y un cura que toma café desde un vaso de plástico. Y la gente está apoyada en las paredes de sus casas, o sentadas en el escalón de la entrada. A lo lejos giran las hélices de un helicóptero. Los militares rasos levantan las cintas de plástico blanco y rojo cuando ven que viene el teniente Bruna.

Él no los saluda. Ellos le indican a algunos metros de distancia un poste de alumbrado. Puro cemento frío. Alto. La luz está apagada. Hay muchas nubes blancas, con algún jirón de turbulencia negra de vez en cuando.

Hemos llegado hasta el farol. Con un gesto rudo, un funcionario policial de civil que lleva una especie de escarapela en la solapa le indica a Bruna la gruesa lona tendida en el suelo que cubre algo. El teniente le ordena con un ademán de la barbilla que la levante. El agente obedece desplegando la lona en toda su extensión. Es el cuerpo de un hombre.

El profesor Paredes.

Sus ojos están cerrados y alrededor de su cuello tiene una o más sábanas manchadas de sangre.

—Degollado —le dice el hombre de la escarapela al teniente Bruna.

Me resulta imposible decir algo. No puedo respirar. Se suelta un chorro entre mis piernas. Me doblo sobre el vientre y caigo de rodillas.

El teniente Bruna me pasa la mano por el pelo.

—Hice lo que pude, muchacho —le oigo decir—. Tú me lo pediste y Dios sabe que hice todo lo que pude.

TREINTA Y DOS

Sintió familiaridad con el repertorio de los «retenidos». Un borracho a lo largo del banco de madera, un estudiante sangrando producto de un lumazo, la vendedora callejera de mercaderías sin licencia, el dirigente sindical esposado.

Dos horas sin que ningún funcionario iniciara algún procedimiento. De vez en cuando algún oficial se asomaba, le echaba una mirada al grupo y desaparecía en algún cuarto trasero. Siempre la prisión era así. La sensación de un tiempo infinito, improductivo. Una antesala a lo incierto. Ese intermedio que se hincha con la desolación. La humillante espera. Tiempo para imaginarse a los seres queridos inquietos por tu ausencia. El uniformado de guardia tecleando en una vieja máquina Remington algún informe que meses más tarde acaso leería un juez local.

La última vez que lo habían apresado querían darle un buen escarmiento. Había intervenido en una protesta callejera contra el alza de las tarifas de la locomoción para rescatar a una joven arrastrada hacia el furgón policial por unos agentes de civil. Sin estar orgánicamente ligado a ese acto, siguió el impulso de su corazón, y en el interrogatorio no supo dar nombres de contactos, ni la dirección de los revoltosos del movimiento porque simplemente los ignoraba.

A veces su maldito corazón le hacía ir imprudentemente más rápido que la cabeza.

En otra ocasión se le disparaba la lengua con las verdades ardiendo en la punta. Las decía aun sabiendo que tendría consecuencias. En todas esas ocasiones había sido él, solamente su propio cuerpo el que estaba en juego. Pero ahora todo podía desembocar en una catástrofe que implicaría a mucha gente: si las imágenes de la campaña del «No» llegaran a las manos del ministro del Interior, no sólo pondría en riesgo a las personas que habían prestado sus rostros para cantar y reñir contra el dictador, sino que denunciaría el carácter de su campaña a sus rivales del «Sí a Pinochet»: les daría tiempo para diseñar un antídoto y crear una estrategia que anulara las improbables virtudes comunicacionales que su ingenua obra pudiera tener.

Se sintió un traidor por haber bebido alcohol en la embajada sabiendo que portaba la cinta U-Matic en el auto.

Explicable, porque estaba nervioso, irritado, inseguro. Por primera vez iba a mostrar su obra magna a los dirigentes políticos del «No» y temía su veredicto. Tan brutalmente fuera de *training*. ¿En qué maldita hora había sucumbido contra todo análisis o lógica a la vanidad de asumir la tentación de... ¡salvar a Chile! Corrigió ese pensamiento patético. A Chile no lo habían salvado los mártires de los movimientos de resistencia, ni los militantes disciplinados, ni los cientos de miles de amantes de la libertad que aquí y allá se enfrentaban a la represión, y él, el sumo pontífice de los necios, había aceptado dirigir esa campaña que en vez de llevarlo a la gloria lo conduciría al infierno.

Carente de ideas se había entregado a los delirios de un microente: el tal Raúl Alarcón, con su *Vals del No*.

Ahora su desastroso video podía caer en manos del enemigo.

Y el factor mala suerte. Chocó. ¡Pero chocó contra un furgón de carabineros! Con un poquito de mala voluntad, revisando su ficha de arrestos e invocando su incendiario *Vals del No* en el video, los carabineros lo podrían entregar a los agentes de inteligencia, que le aplicarían la Ley Antiterrorista.

La otra clavícula.

Acaso el fémur.

Y eso, con suerte.

Desde la calle entró un oficial de rango superior que hizo sonar las llaves de su auto como castañuelas.

—¡Bettini! —llamó.

El publicista se levantó con el corazón encogido. Esas llaves, el ruido de esas malditas llaves unidas en un llavero artesanal que le había regalado su hija Patricia hacía algunas Navidades era probablemente la campanilla en el ring que preludiaba el asalto y el *knock out* que le sobrevendría.

—Soy yo, capitán —se oyó decir entre ronco y servil.

151

El uniformado se dio vuelta hacia un carabinero raso, tan joven que podría haber sido de la misma edad de Nico Santos, el pololo de su hija.

—Revísalo.

El carabinero se acercó, lo fue hurgueteando y puso en una bandeja de plástico negra todo el contenido de los bolsillos de la chaqueta y pantalones de Bettini. Con los brazos en alto, el publicista fue viendo uno a uno los objetos: la billetera, su adorado Montblanc, un pañuelo sin uso, monedas de cien pesos, una peineta a la que le faltaban varios dientes, algunos caramelos de menta, otros de limón y unas hojas dobladas en cuatro.

Bettini no supo identificar esos papeles. ¿Qué era?

Cuando el policía puso la bandeja delante del capitán, fueron justamente esas hojas las que le llamaron la atención. Las desplegó, leyó la primera al parecer saltándose las líneas, y tras alisar el resto contra la sarga de su uniforme dirigió a Bettini una mirada cargada de intenciones.

—Así que nos cayó un pez gordo.

—¿Perdón, capitán?

El uniformado marcó con lentitud y deleite un número en el teléfono y mientras esperaba la respuesta apartó el auricular de su oído para compartir la espera con todos los presentes. Cuando le respondieron, sin dejar de observar a su detenido, dijo con expresión satisfecha:

—Aquí el capitán Carrasco. Necesito hablar urgente con el ministro Fernández. Mi clave es «R-S-C-H Carrasco Santiago».

Amplió la sonrisa mientras ojeaba la segunda hoja del manojo de papeles.

—Doctor Fernández, perdone la hora pero creo que tengo algo entre manos que le puede interesar.

—¿De qué se trata, Carrasco?

—Detuvimos por una infracción de tránsito a cierto ciudadanillo —miró a Bettini, que se secaba la transpiración con la manga de la chaqueta— que está aquí frente a mí muy nerviosito. Fíjese que al hacer el control de rutina descubrimos unas hojitas que pueden ser muy interesantes para usted, por eso me tomé la libertad de llamarlo.

—Bien hecho. ¿Es algo que concierne al Ministerio del Interior?

—¿Le leo lo que tengo aquí, señor ministro?

—Por favor.

El capitán carraspeó y sin especial énfasis despachó monótono las líneas del documento:

> *Es tan rico decir que no*
> *cuando todo el pueblo te lo pidió,*
> *es tan rico decir que no*
> *cuando lo tienes en tu corazón.*
> *Con el arcoíris en los confines*
> *hasta los delfines van a bailar.*
> *El «No» tiene emoción,*
> *le pone color*
> *a la insurrección.*
> *Por eso, mi amor, sin vacilación,*
> *vamos a decir que no, oh, oh.*

Tantas veces que busqué en la vida
una palabra sentida para la libertad,
tantas veces vi la herida
de mi gente hundida en la adversidad.
Nunca creí que el destino
tendría el ritmo de una canción,
pero hoy no tengo dudas,
es agua pura de mi convicción.
Por eso, mi amor, sin vacilación,
vamos a decir que no.

No, preciosa joya,
ola de mi mar,
nube de mi cielo,
fuego que canta,
no, mi bello amante
de ojos encendidos,
nieve de mi sueño,
cordillera de mi vino,
no me digas nada más,
que sobran los vocablos.
Sólo di la palabra «No»
y estamos juntos al otro lado.

El capitán Carrasco se quedó moviendo rítmicamente la quijada como contagiado por la rima del texto. Bettini supo que la palidez de su rostro era reemplazada ahora por un hachazo de rubor. Oír su escrito para esa canción que se emitiría justo el último día de la campaña fue lo mismo que escuchar una sentencia de fusilamiento. Le pareció horrorosa cada imagen de esas estrofas que no más unas horas antes —antes de *todos* los desastres— le parecían luminosas, líneas que interpretarían a los chilenos de todas las edades, a los amantes del mar y de las montañas, a los apolíticos y a los indecisos. ¿Por qué había sucumbido a ese descriterio adolescente de su hija cuando intentó convencerlo de que había que cantar «es tan rico decir que no», a él, que nunca en su vida había usado como todos los jóvenes chilenos ni siquiera la infaltable muletilla «*¿cachái?*» para preguntar si los habían comprendido?

¿Cachái?

No, Adrián Bettini, santo padre de los ingenuos, se dijo. ¡No había cachado nada! Si oír la letra de su canción en boca de un policía diestro en dar órdenes pero lerdo en la pronunciación de metáforas lo había sepultado ya en la más profunda humillación, no imaginó que el infierno tiene siempre otro subsuelo, otro circulito, compañero Dante, bajo el cual se puede seguir descendiendo infinitamente.

Carrasco era ahora tan amable de subir aún más el volumen del amplificador para que pudiera oír «en vivo y en directo» el comentario a sus versitos del propio ministro del Interior. El que vino precedido por una risa despreocupada.

—En verdad, muy interesante el material, Carrasco.

—¿Desde el punto de vista policial o poético, ministro?

—Desde ambos. Dígame, capitán, ¿cómo se llama el Neruda que me tiene entre rejas?

El uniformado tapó la bocina de su teléfono y levantando la barbilla se dirigió al publicista.

—¿Cómo es que te *llamabai*, huevón?

—Bettini, Adrián Bettini.

—Dice que se llama Adrián Bettini.

Al otro lado de la línea hubo un silencio y luego explotó una alegre carcajada.

—¡No me diga que me tiene al mismísimo Adrián Bettini!

—¿Quién es, señor ministro?

—El jefe de la campaña del «No a Pinochet».

—¿Es peligroso?

—¡Qué va! Con esos versitos no calienta a nadie.

—Aunque aquí en el panfleto habla de la insurrección. ¿Lo apuro un poco?

—No, hombre. Por ningún motivo. No me lo toque ni con el pétalo de una rosa. Estamos en democracia. Bettini puede escribir las tonterías que quiera.

—¡Pero contra mi general!

—Aunque sea contra nuestro general. ¡La democracia, capitán! Una simple exageración de las estadísticas. Los votos de los pelotudos valen igual que los votos nuestros.

—¿Y entonces?

—Devuélvale sus papelitos y que se vaya.

—¿Y qué hacemos con su auto? Le pegó tremendo topón al furgón de la comisaría.

—Mándelo a arreglar al taller del grupo móvil en la calle Carmen. Tienen un desabollador que hace maravillas.

—¿Y la cuenta?

—Envíela al ministerio, Carrasco. Dígale a Bettini que es una atención de la casa.

—¿En serio, ministro?

—En serio, hombre.

—¡Así que dejo que se vaya! ¿Así como así?

—Así como así. Ahora, si le nace, dese un gusto y péguele una patada en el culo.

Cuando colgó, Carrasco se rascó pensativo la sien izquierda. Hizo sonar una vez más las llaves del coche y se las tiró a Bettini, quien las cogió de un zarpazo.

—*Podí'* irte, poeta.

—¿Me puedo llevar el auto?

—Llévate tu cagada de auto, huevón.

—Gracias, capitán.

Avanzó hasta la puerta y el carabinero joven lo saludó llevándose un par de dedos al quepis.

—¡Oiga! —le gritó de pronto Carrasco—. Esa cuestión que escribió de que el «No» es su bello amante..., usted es marica, ¿cierto?

Bettini bajó el cuello y lo hundió entre los hombros. No contestó nada. Por un segundo pensó que no hubiera sido tan malo que el capitán Carrasco realmente le pegara una patada en el culo.

Se la merecía con creces.

TREINTA Y TRES

—

Esta noche se emitirá el primer capítulo de la campaña del «No».

Esta mañana son los funerales del profesor Paredes.

Camino al cementerio algunas personas se acercan a poner flores sobre el ataúd. Una delegación de la Scuola Italiana llega en un bus amarillo. Las chicas y jóvenes visten uniformes.

Atrás del grupo, cargando una corona de crisantemos, va Patricia Bettini.

La prensa ha informado en la mañana del asesinato en los titulares.

Por primera vez este mes hay sol.

El profesor de filosofía Valdivieso hace una semblanza del profesor Paredes. Evoca sus logros pedagógicos y teatrales.

Hizo *Fuenteovejuna*, *Peribáñez*, *La vida es sueño*, *Madre Coraje* y *Macbeth*. Dirigió *La muerte de un vendedor* y *El cuidador* de Pinter.

No cuenta que iba a presentar *El señor Galíndez* de Pavlovsky.

Dice que don Rafael Paredes ha muerto en trágicas circunstancias.

No dice que lo han degollado los agentes de la CNI.

Justo hoy teníamos la prueba de Shakespeare.

Tengo las *Obras completas* subrayada por todas partes.

El coro del colegio canta *Duerme en paz.*

Que la tierra te cubra con amor.

Patricia mantiene la cabeza gacha. No debiera haber venido. Me duele todo lo que a ella le duele. Todo me duele dos veces. También veo a la viuda del profesor. Doña María está muy pálida. Se ve que el maquillaje que le pusieron se ha embadurnado con las lágrimas. Mira hacia el sol mientras Valdivieso habla.

Tengo que ser duro y no puedo.

Miro al sol junto con doña María. Eligieron a Valdivieso para el responso porque todos los maestros viejos están pulverizados. Hechos mierda.

Extraño a papá. La señora María tiene el cuerpo del profesor Paredes y yo lo único que tengo es la ausencia de mi padre. No es lo único. También tengo esperanza.

¿Lo volveré a ver con su tabaco negro y la ceniza cayéndole en las solapas?

Me sorbo las narices. Mi padre no es un detenido desaparecido.

No puede haberse equivocado. El silogismo «Baroco». Había testigos. Más de treinta chicos en el curso.

Lógica. Mi papi es un astro para la lógica. No pueden negar que lo detuvieron. Tienen que devolvérmelo.

Mis llamadas de teléfono no han servido de nada. Los hombres al otro lado de la línea me dicen que tenga paciencia. Que están haciendo gestiones. Hay uno que se llama Samuel, aunque me explica que no es su nombre real. Samuel dice que el caso de mi papá es prioridad número uno. Que está haciendo todo lo que se puede. El teniente Bruna también hizo todo lo posible por el profesor Paredes.

Estoy autorizado para hablar en nombre de los alumnos. De los actores de *La cueva de Salamanca*.

Los cuatro protagonistas de *El señor Galíndez* abandonaron sus casas.

No vamos a volver a dar el entremés de Cervantes. No hay ambiente. Cuando estrenamos teníamos esperanza de que don Rafael apareciera. Ahora tenemos certezas. Y rabia. Y desgano.

Esta noche es la campaña del «No» en la tele. Iré a verla a la casa del señor Bettini. Van a cocinar *spaghetti alla puttanesca*. Al modo florentino. Es decir, con harta aceituna y aceite de oliva. Ahora no puedo llorar. No debo ser más débil que la viuda. No puedo quebrarme delante de Patricia Bettini, que sostiene la corona de crisantemos sin alzar la vista.

Valdivieso termina su discurso. Dobla las páginas. Las mete en la chaqueta y me hace un gesto con la mano izquierda para que me acerque al podio. Llevo Shakespeare en una mano y en la otra una goma de borrar que aprieto y suelto, que aprieto y suelto. Miro al público. Hay más de cien personas. Son casi todos adultos. Cinco profesores.

Algunos compañeros de estudio. Los pocos que fueron autorizados por sus padres a venir. La delegación de la Scuola Italiana son siete jóvenes. Traen a un hombre flaco y alto que ya he visto antes en la casa de Patricia. Es el cónsul. El señor cónsul Magliochetti.

Todos ahora tienen un amigo diplomático.

Por si acaso.

El resto, no tengo idea. Parientes, me imagino.

Debí haber traído una botellita de agua. Hace rato que estoy carraspeando.

Patricia levanta la cabeza. Sus ojos café. Su pelo castaño. *Imagine* de John Lennon. Mataron a John Lennon. El chico que lo mató andaba con *El cazador oculto* de Salinger. Hay sólo una foto de Salinger. No quería ver a nadie.

El profesor Paredes me enseñó una técnica de oratoria. Antes que nada «plantarse» delante del público. Con autoridad. Aunque seas un pendejo chico tienes que verte gigantesco.

Respira hondo, retén el aire y lárgalo lentamente. Trata de mantener aire en el abdomen. Que no te falte en la mitad de una palabra. Y, antes de decir cualquier cosa, tómate todo el tiempo del mundo para mirar a tu público. No una mirada como el aleteo rápido de un pajarraco asustado. Mira al público como un todo, pero también a cada uno. Míralos a los ojos. No te apures ni te dilates. Ahórrate prólogos y lugares comunes. Si dices «seré breve» ya estás alargando innecesariamente tu texto. Un discurso está hecho de palabras y de silencios. Esos silencios —dijo el profesor Paredes— son elocuentes. A veces hay que decir palabras sólo para oír el silencio. Hay maneras y maneras de callar.

—A veces hay que decir palabras sólo para oír el

silencio —digo ahora en voz alta—. Hay maneras y maneras de callar. Hay maneras de decir callando. A veces la única manera de decirlo es callar lo que todos entendemos que debió haberse dicho.

»Querido profesor Paredes: hoy nos tocaba la prueba sobre Shakespeare. *Hamlet, Julio César* y *Macbeth*. Yo subrayé todos los parlamentos del «tío Bill» que más me llamaron la atención. Podría haberme sacado un siete. Les leeré sólo uno:

»«*I have neither wit, nor words, nor worth, action, nor utterance, nor the power of speech, to stir men's blood: I only speak right on; I tell you that which you yourselves do know. Show you sweet Caesar's wounds, poor poor dumb mouths, and bid them speak for me: but were I Brutus, and Brutus Antony, there were an Antony would ruffle up your spirits and put a tongue in very wound of Caesar that should move the stones of Rome to rise and mutiny.*»

»Perdonen que no lo traduzca, pero no quiero ir preso.

No puedo creer lo que he dicho.

No tenía pensado el final.

Me aceleré leyendo el discurso de Marco Antonio: «Pondría una lengua en cada herida de César que llamaría hasta a las piedras de Roma al motín y a la insurrección.»

El teniente Bruna no vino, ¿pero cuántos de los que están ahí con cara de deudos son agentes? Mirar al público. A todos y uno a uno. No saben que estoy temblando. Pendejo. Gigante.

Cierro el libro y me alejo del micrófono. Silencios y silencios. Distintas clases de silencio. Una última mirada. A Patricia Bettini. Al cónsul de Italia. Hacia el fondo.

Un anciano levanta con las dos manos una bandera roja sobre la cabeza. El Che saca otra atada a una vara y la mueve. La profesora de dibujo alza la suya. Cinco o seis adultos desconocidos levantan banderas y las hacen flamear en la brisa. El rector no se da cuenta. El rector hace como que no se da cuenta. El teniente Bruna se excusó de venir «por decencia». Ahora hay otro tipo de silencio. El silencio que permite sentir el golpeteo de las banderas rojas contra el aire.

Sólo una bandera es distinta a todas las otras: la que eleva ahora Patricia Bettini. Una bandera blanca con el dibujo de un arcoíris.

TREINTA Y CUATRO

«Demasiado tarde para todo. Las cartas están echadas, amigo Bettini. Vamos a presentar lo que tenga. Saldremos a pelear con lo puesto. Lo hecho hecho está, aunque sea una *payasá*», le espetó Olwyn con una sonrisa desganada.

Atendiendo a las disposiciones legales vigentes corresponde esta noche emitir por todas las televisoras del país las imágenes de las campañas de las opciones «Sí» y «No». Les deseamos una tranquila y agradable cena y un feliz retorno a nuestras pantallas.

La entrada: tomates con aceite de oliva y queso *mozzarella. Molto* italiano, Adrián. Vino tinto cabernet. Segundo: *spaghetti alla puttanesca*. Le lleva aceituna negra, dientes de ajo, salsa de tomate al vino tinto salpicado de alcaparras, cebolla, y los tallarines *al dente*. No tan blandos que se peguen ni tan duros que no se impregnen de la salsa.

Pancito hecho en casa: en forma de bollos, tibios y crujientes. Frente a cada plato un pote pequeño con mantequilla.

Los comensales son cuatro. Hay *champagne extra*

dry Valdivieso. Está heladito, pero nadie abre la botella. De ese grupo no sale ni un mínimo dedal de alegría. «Qué va a brotar de esta melancólica simiente», piensa Magdalena con la mejor de sus sonrisas. También sonríe su esposo Adrián y Patricia se acaricia una y otra vez el pelo, acompañando un pensamiento que no la lleva a ninguna parte.

Nadie quiere preguntarle al otro «en qué estás pensando».

En pocos minutos se repartirán las cartas. La suerte está echada, Adrián Bettini. Lo que parió su inspiración estará disponible para todo Chile. No saque cuentas demasiado negativas. Piense que la gente que votará por el «No» es mucha. Casi la mitad del país. Ésos están convencidos. Haga lo que haga usted o la campaña del «Sí», no los van a mover de sus posiciones. Pero lo suyo son los que tienen temor a que los filmen dentro de las urnas, a que los apuñalen sobre sus votos, los indecisos que temen el caos y el desorden si se retiran los militares. Por eso, Adrián Bettini, usted tiene que animarlos primero a ir a votar y luego a votar «No». No les revuelva el pasado. El pasado les pesa a todos. Denos futuro, un aire transparente. Hágalos ver cómo será Chile sin el dictador encima. Sin terror a desaparecer. Un país sin degollados.

«En vez de eso —piensa Bettini pasándole con una amable sonrisa a Nico Santos el aceite de oliva—, les he faltado el respeto a todos. He banalizado con el *Vals del No* la trascendencia del momento histórico. ¿Por qué lo hice?»

Nico le agradece el aceite con una sonrisa encantadora. Herido de muerte. Y Bettini sonríe también.

—Estás triste, Nico.

—Estoy, don Adrián.

—¿Por qué sonríes, entonces?

—¿Yo? Debe de ser por Shakespeare.

Patricia unta el pan con mantequilla. Se imagina la cadena de contactos que podrían causar cortocircuito: Shakespeare, Marco Antonio en el cementerio, teatro, *El señor Galíndez*, el puñal, el profesor Paredes, su padre. El padre de Nico, Rodrigo Santos.

—Sírvete vino. ¿Shakespeare?

—Hay un personaje en *Romeo y Julieta*, don Adrián, que se llama Mercuccio. Es el íntimo amigo de Romeo. Y un día están paseando los dos por el mercado de Verona y aparece Tibaldo, el hermano de Julieta, un camote que se la pasa provocando a los Montesco. Le dicen *el Gato* porque se jacta de tener varias vidas.

—No me acuerdo de esa parte. Me acuerdo de la luna: «No jures por la luna.»

—Tibaldo comienza a insultar a Romeo y lo desafía a que desenvaine su espada. Pero, claro, el pobre Romeo está raja de amor por Julieta y no se va a empezar a matar con el hermano de su amor. Y, claro, le dice, oye, perdona, pero yo tengo razones para quererte que tú ni te imaginas. Qué va a saber el otro que Romeo anda pololeando con su hermana. Y cuando Tibaldo oye esto de que te quiero, hermanito...

—Sírvete vino.

Magdalena llena las copas pero ninguno toca la suya.

—... cuando Tibaldo oye esto medio *soft* de que tengo razones para quererte le comienza a sacar pica a Romeo tratándolo de hueco, de mariconcito, de cagón, ¿comprende?, y pucha Mercuccio ve esto y le echa la foca, y desenvaina delante de Romeo y desafía a Tibaldo a que pelee con él...

—Ahora me acuerdo de esa parte —dice Adrián mirando de reojo la cuenta regresiva para la publicidad de las campañas que marca el reloj electrónico del Canal 13, agradecido de dispersarse por un rato en la Verona medieval.

—Y ahí queda la media zorra. Porque para evitar que el hermano de su mina y su mejor amigo se maten sujeta a Mercuccio del brazo. Y, claro, Tibaldo aprovecha la ocasión que el otro está indefenso y le clava la espada en el corazón. Y el pobre Mercuccio cae sangrando al suelo y Tibaldo y sus patoteros se pegan el raje.

—Tiene que haberse sentido el último Romeo —comenta Bettini distante.

—Pésimo. Y entonces se agacha sobre Mercuccio, que está boqueando sangre, y le pregunta..., y le pregunta... ¿cómo estás? ¿Y sabe lo que le contesta Mercuccio?...

—Dime.

Bettini se pone de espalda al televisor para no ver avanzar el minutero fatídico.

—Mercuccio le contesta: «La herida no es tan honda como un pozo ni tan ancha como la puerta de una iglesia, pero alcanza. Pregunta por mí mañana, y te dirán que estoy tieso.»

—¿Y por eso sonreías?

—Por eso, don Adrián. Imagínese. El loco está a punto de morirse y se echa esa tremenda talla. *P'tas* que es gallo el loco.

—Te acordaste de eso.

—Y cuando usted dijo... Cuando usted dijo...

Nico se cubre la cara con la servilleta. Las lágrimas han explotado de repente.

Patricia mira a Magdalena, Magdalena a Adrián. Adrián toma del vaso de vino.

«*Fucking* Shakespeare», piensa.

TREINTA Y CINCO

—

Si le hubieran preguntado sobre la cena, Bettini no habría sabido qué responder. Ni supo qué comió. No era sólo su suerte de revenido publicista la que estaba en juego, sino la de todo el país. Había una pequeña rendija en la caverna a través de la cual podría entrar luz. Y temía haber dilapidado ese ariete. Si el país entero estaba estremecido por la violencia, ¿de dónde la alegría podría obtener sus créditos para verse creíble?

Y había hecho la campaña para la televisión sin responder la pregunta. En verdad, auspiciar la alegría de esa manera tan desembozada, con un vals de Strauss y una colección de delirantes que decían «No» en multicolor, sin haberle dado lugar ni siquiera a una lágrima en sus imágenes, a sabiendas que en ese mismo momento Chile estaba llorando, había sido un desatino.

Se había entregado a una ficción irresponsable. La salida desesperada. Intentar el salto al abismo sin red. Le explicó a Olwyn que Pinochet había tenido el total control de los medios durante quince años para imponer en las pantallas de televisión sus órdenes. A él le daban quince minutos, quince minutitos, un puñado de segundos para fracturar de una vez el sólido *panzer* de la dictadura.

No podía entrar en sutilezas. Eran quince minutos contra quince años. Y de esos quince minutos casi cinco estaban entregados al desenfreno del *Vals del No*.

La servilleta del joven Nico a la hora del postre parecía el velamen de un velero náufrago. No quiso consolarlo. Él mismo se hubiera deseado un consuelo. La impaciencia lo demolió. En la pantalla corrían las imágenes de la campaña del «Sí»: grupos terroristas de encapuchados y bombas en las manos agarraban a pedradas las ventanas de los coches: era la alegría del «No», que venía. El caos, la violación de adolescentes, niños masacrados por una aplanadora roja. Así como él jugaba las cartas de la alegría en el cambio, los publicistas de Pinochet escenificaban el infierno del libertinaje.

No quiso esperar los pocos minutos que faltaban. Ver correr sus imágenes junto a su familia le iba a producir con certeza vergüenza ajena. Arrebató la servilleta de Nico y le tiró la suya. Puso el paño mojado en un bolsillo de su chaqueta y le anunció al grupo que saldría a dar una vuelta.

—¿Qué va a hacer? —se levantó Patricia.

—Lo que les digo. Una vuelta.

—Pero, papi. Es tu momento estelar. Todo Chile en este instante está pegado a las pantallas.

—Ése es el problema, mi amor: todos verán que su emperador está desnudo. No tengo ánimo para un nuevo haraquiri.

—Papá, ¿qué es lo que realmente vas a hacer?

—¡Dar una vuelta!

Magdalena se abalanzó sobre él y le conminó a que le sostuviera la mirada.

—Patricia tiene razón. ¿Dónde vas?

Estrujó la servilleta mojada de Nico en su bolsillo.

—No me tiraré al Mapocho. A esta altura del año las aguas no son tan caudalosas.

—¿Y entonces?

—Una vuelta, mujeres. Una simple y atlética vuelta para respirar aire fresco.

Nico se levantó avergonzado y fue hacia el *toilette*.

—Permiso.

Bettini lo indicó con un pestañeo.

—Mejor preocúpense de él. En este momento no tiene ni un perro que le ladre.

Le nacía cerrar la puerta con estruendo pero optó por la suavidad. La juntó como despidiéndose con un beso.

Era una noche fresca. Se abrochó el botón superior de la camisa y miró la luna fraccionada entre las ramas de los árboles. Siempre había sido Ñuñoa su barrio. Tenía la costumbre íntima de sentir y admirar los viejos empedrados. Los añosos árboles crecían sin Dios ni ley inhibiendo con su altura a los podadores. Se respiraba algo logradamente familiar en esa zona de clase media. Su calle estaba a mucha distancia del supermercado, los *malls* y los paraderos de buses de las líneas principales.

Había un almacén en la esquina, donde el dueño aún pagaba algo por los envases de vidrio de las botellas vacías. Y a los chicos que iban a comprar pan o aceite por encargo de las madres les daba la «yapa»: un chicle, un caramelo.

El quiosquero le guardaba los periódicos el día domingo cuando permanecía hasta la hora del almuerzo en cama, e incluso si no iba a buscarlos le tocaba un alegre timbrazo y le pasaba *El Mercurio* con una sonrisa.

En el chino de Manuel Montt tenía crédito y si le faltaba dinero para invitar a Magdalena y Patricia a una cena, el anciano Tin-Lung, muerto de risa, se lo anotaba en un libraco con la foto del calendario de Marilyn Monroe. Todo estaba igual que en su infancia, salvo por dos detalles.

Las antenas de televisión en cada ventana, disparadas hacia las nubes.

Y el cine Italia.

Lo habían despojado de su proyectora de treinta y cinco milímetros en un remate por quiebra. El espacio lo administraban algunos evangélicos de terno marrón, cuello y corbata, pelos engominados aun en el verano lacerante. Sus mujeres flaquísimas, de rostro cetrino. Algunas llevaban calcetines que les trepaban hasta las rodillas. Aún era posible distinguir entre el empedrado los rieles de los tranvías que habían dejado de pasar hacía décadas. Su barrio fue el escenario de besos fugaces a la chica más guapa de la avenida Antonio Varas, y cuando cumplió catorce, la rubia con rulos alborotados de la peluquería unisex le permitió de todo cuando el viernes por la noche había cerrado la puerta tras el último cliente. Después, limpiándole el sorprendido sexo en una toalla húmeda, le había dicho al oído: «*Happy birthday.*»

Ése era su Santiago. La plenitud de la democracia y las manifestaciones callejeras. De estudiante supo gritar junto a miles «Allende, Allende, el pueblo te defiende».

Frente a la Escuela de Suboficiales de Carabineros, en Antonio Varas, vio pasar los tanques golpistas hacia La Moneda. Había sido despertado por los vuelos rasantes de los cazas que iban a bombardear el palacio.

La misma semana cuando se obsesionó por un disco de Bob Dylan: *Don't think twice, it's all right.*

¿Así que era ése su estilo? Cada episodio de la historia le venía adjunto a la emoción de una melodía, a las líneas de un poema. Claro que una cosa no tenía nada que ver con la otra. Una era realidad y la otra fantasía. Sueños. Espuma que se deshace. Nubecillas.

A pesar de que su tranco era enérgico y sostenido, pudo percibir que su esfuerzo resultaba inútil: a medida que serpenteaba por las calles laterales con el aroma de los jazmines primaverales derramándose metro a metro, desde las ventanas de cada una de esas casas y departamentos se proyectaba hacia la calle el *Vals del No.*

Paradoja: había huido de una emisión y ahora lo abrumaban con ella cientos de televisores.

En la oscuridad vegetal de los arbustos los pantallazos de los televisores se proyectaban como chisporroteos fantasmagóricos. Se sintió un condenado a muerte en marcha al patíbulo a quien le propinan un último martirio: la música incidental de su vida infame a todo volumen.

«¡Dios mío! ¡Diosito, diosecito mío! —se dijo empezando a correr rumbo a ninguna parte—. ¡Lo está mirando todo Santiago!»

No tardó en brotar en su rostro la transpiración, que vino a adjuntarse a la palidez. A pesar de que sintió su corazón bombeando demasiado exigido no aflojó la marcha. Su corazón le estaba indicando el camino correcto. Su deseado fin. Así como en las noches de Año Nuevo los fuegos artificiales surcaban el espacio, él tenía ahora su propia fanfarria: los pantallazos de todos los hogares de Chile que estaban mirando sus quince minutos de fama, su absurdo y ridículo trino libertario.

No era necesario tirarse al Mapocho, despeñarse de la terraza de un edificio, colgarse de un árbol, tirarse bajo la rueda de un bus.

Todo podía ser infinitamente más pulcro: seguir corriendo así y así hasta que el corazón le estallara como una granada.

De pronto la música se detuvo, señal de que la emisión del «No» había llegado a su fin.

Ahora era la hora del suplicio.

En ese mismo momento los habitantes de su patria, los boteros a las fauces del océano, los estudiantes rebeldes, los hijos y nietos de los fusilados y desaparecidos, las madres y las novias estarían perplejos mirándose los unos a los otros preguntándose: «¿Qué es esto?»

¡No!: «¡Qué chuchas es esto!»

El deseado fin.

Su propio apocalipsis.

La cúspide ignominiosa de su carrera.

No daba más. Se detuvo jadeando en la plaza frente a un surtidor de agua y dejó que las gotas saltaran a su rostro a mezclarse con el sudor.

De súbito tuvo la impresión de que todo ese líquido que le empañaba los lentes le producía una alucinación.

Allá, al otro extremo de la plaza, ocurría algo impreciso.

Era un ser que giraba vertiginosamente.

O dos.

A medida que la aparición se acercaba iba tomando más y más la forma de una realidad. Hasta que se hicieron nítidos. Rotundamente verdaderos.

Una pareja de jóvenes giraba incesante haciendo las piruetas de un vals sin música: como bailando el recuerdo de un vals en la noche estrellada. Al desplazarse ocupaban generosos las baldosas de la plaza solitaria y cuando estuvieron tan cerca de él que alcanzaron a rozarlo la mujer danzarina le gritó:

—¡Vamos a ganar, señor! ¡Vamos a ganar!

Bettini se sacó los lentes, los limpió con el faldón de su camisa, y ahora, viendo a la alucinación real con total y brutal precisión, les dijo:

—No jodan, que estoy al borde del infarto.

TREINTA Y SEIS

—

Viajo en metro hasta el centro.

Laura Yáñez quiere verme. No puede decir nada por teléfono. Personalmente.

He hecho muchas veces este trayecto, mas hoy hay algo extraño en la atmósfera. Aunque hace calor y vamos apretados, nadie parece fastidiarse con la aglomeración. Se saludan. Se apartan para dejar un espacio y permitir entrar a un nuevo pasajero.

Se ven frescos. Hay algo pícaro en las miradas. Conversan. No veo a nadie que esté con la mirada clavada en sus zapatos. Un grupo de mujeres que visten el uniforme de un supermercado van sonriendo aunque no se hablan.

En la portada del diario más popular que lee ese caballero jubilado hay dos fotos inmensas.

En una aparece Pinochet sonriendo y en la otra Florcita Motuda con una franja presidencial sobre el pecho.

El título dice: DUELO DE TITANES.

Faltan pocos días para el plebiscito y por lo que oigo mientras me desplazo en los vagones nadie habla de otra cosa. Como en un tictac sin pausa oigo sí-no, no-sí, sí-sí, no-no-no por todas partes.

Es raro este Santiago de hoy.

Todos se ven tan saludables. ¿Tomaron jugo de fruta? ¿Se han frotado en la ducha con algas de mar? ¡Y las carcajadas! Un liceano colorín de ojos verdes cuenta la escena de la noche anterior cuando el bombero con un vaso de agua imitaba la sirena de su carro bomba ululando «No, no, no, no, no, no, no, no, no, no». Y los adultos a su alrededor le dedican una mirada divertida. Y un anciano le palmotea el hombro. Y el pelirrojo le dice si quiere lo hago de nuevo. Y hay más carcajadas. Parece otro país. Dicen que los brasileros son así de alegres. *«A pesar de você amanhã há de ser outro dia.»* Estoy contento por el señor Bettini. Por Patricia Bettini. Por la señora Magdalena. Cuando volvió a casa el teléfono estuvo sonando hasta las tres de la mañana. Felicitaciones. Bettini les daba entrevistas a los diarios extranjeros. Llamó un señor Chierici del *Corriere della Sera.* Larga distancia. Y otro español de *El País.* Querían pronósticos y análisis para el día del plebiscito. Está que arde el calendario. ¿Cuánto falta hasta el 5 de octubre?

Cuando el tren llega a una estación, algunos pasajeros salen y los que entran parecen venir cargados con baterías frescas. Como cuando el entrenador saca en el segundo tiempo al centrodelantero fatigado y entra el reemplazante haciendo carreritas cortas para calentar el cuerpo. Me parece que hasta el metro va más rápido. Es lo que mi viejo detesta. Los subjetivismos que no dejan apreciar la realidad objetiva. Le cargan los sofistas. Buenos para hablar y dorar la perdiz. Pero en el fondo cháchara. Aristóteles, sin embargo..., ése sí va al grano. Nico Santos. Por Nicómaco.

Siento que soy el único en este vagón que me estoy yendo *pa' dentro*. Como que la tristeza de la ausencia de papá me tira para abajo. Estoy fuera del ritmo de la ciudad. Va a haber elecciones libres pero mi viejo está preso. Preso y desaparecido.

El tal Samuel sigue haciendo lo posible. Patricia Bettini insiste en que hay que hablar con la gente mala. Los buenos no pueden hacer nada. Quizá ahora sea un buen momento.

Ahora que la gente se ve más animosa.

«Claro —pienso—. Pero ¿cómo estará Pinochet?» Furia. Seguramente granate. Parece que le salió el tiro por la culata. La señora de verde que carga esa bolsa de verduras del supermercado está tarareando el *Vals del No*. A lo mejor esto es un sueño y ahora va a entrar un comando de milicos y nos van a disparar a todos.

No fui a la escuela. Me preocupa que el texto que dije en el cementerio me traiga consecuencias. El teniente Bruna no estaba, «por decencia», pero los soplones que había allí a lo mejor me están esperando en la puerta del instituto.

O sentados en mi misma aula.

Con el pelo corto.

Día de sol.

Tienen una chapa de Investigaciones que muestran abriéndose la solapa. Son detectives. Pero lo que me contaron es que los detectives después les entregan los presos a los de la policía política.

Y allí cuesta seguirles la pista.

La última vez que hablé con Samuel me dijo que no me descorazone. Que puede haber buenas noticias. «Pero también malas», le grité al teléfono. Se quedó callado medio minuto. «También malas, muchacho», me dijo. Le pedí perdón.

Me bajo en la Alameda con el cerro Santa Lucía y voy caminando hacia el Parque Forestal. Allí vive Laura Yáñez. Me cita porque quiere decirme algo. No sé de qué se trata.

Pero me dijo que era urgente.

Me viene bien desaparecer de mi departamento y ausentarme del colegio.

La Laura Yáñez es tremenda de guapa. En el colegio les dicen a ese tipo de mujeres «morenazas». Ella misma me dijo una vez: quiero ser la morenaza de Chile. Su amistad con Patricia proviene de su gusto por el teatro. Mi polola siempre busca obritas intelectuales, con filo político. Se muere de la risa con Beckett o Ionesco. El teatro del absurdo. Laura se vuelve loquita por John Travolta. Se sabe todos los pasos de baile de *Saturday night fever*, pero nunca ha encontrado un muchacho de su edad que le pueda hacer el peso. A ella y a Travolta. Por eso anda con fulanos mayores.

Desde la Scuola Italiana algunas veces Laura y Patricia van juntas al cine. Son tan diferentes. Mi adorada Bettini quiere irse a Italia para visitar los museos de Florencia y tratar de conocer personalmente a Fellini. Raya la papa por *Amarcord*. La Laura, no. Ella quiere salir algún día en la portada de *Vanidades* o *Fotogramas*.

Le gustaría hacer de mujer fatal en una teleserie. Pero lo curioso es que es más buena que el pan. Si fuera millonaria repartiría todo entre los amigos.

Es la superamiga, pero con ese cuerpo todos quieren tirársela.

Los locos no quieren ser solamente amigos de ella. Por eso vino a mí. Porque sabe que estoy neutralizado por mi amor a Patricia Bettini. Sabe que no le puedo hacer una mariconada a su mejor amiga.

Finalmente le presté el departamento para que se cambiara de ropa. No le pregunté más. Ya bastante jodido estoy yo para ponerme a joder a los otros.

Y ahora toda misteriosa me dice que quiere verme. Dice que me agradece el departamento pero que ya no lo necesita. Va a devolverme las llaves. Que ahora tiene uno propio en Mosqueto, cerca del palacio de Bellas Artes. «Ven un día con Patricia. A ella le gustan los cuadros.» Sus padres no deben enterarse. Que la Patricia Bettini se calle. Porque en una de ésas lo cuenta en el colegio y sus apoderados se enteran y literalmente la matan. Pero ya en diciembre va a tener que contarles la verdad. Hace un mes que no va a clase.

Toco el timbre. Departamento 3A. Tercer piso. Ascensor pequeñito. Edificio moderno. Caben dos personas. Schindler. Carga no debe exceder los 150 kilos.

Si...

No quiero ni pensarlo.

Es que... Si me buscan para meterme preso por el discurso en el cementerio, podría esconderme en el departamento de Laura Yáñez.

Por reciprocidad.

¿Querrá ella?

No, no va a pasar nada.

Dije todo lo del «tío Bill» en inglés.

Inglés, mi único siete, la nota máxima.

Porque me gusta el rock y don Rafael me tenía buena barra. Le gustaba que estuviera en el grupo de teatro. Me lo mataron. Así no más. El teniente Bruna hizo todo lo posible.

¿Qué crestas es entonces hacer todo lo posible?

Traigo en la mochila el último número de *Caras*. Es el tipo de revista que le gusta a Laura. Satinada, con hartos avisos comerciales, mucha vida social y páginas de moda a todo color.

—¡Viniste, loco! —me dice, dándome un besote en la mejilla izquierda y tirándome hacia dentro.

—¿Por qué tanto misterio?

—Ya te cuento. ¿Cómo está Patricia?

Digo: «Bien. Patricia está bien.»

Aunque no sé cómo está. No se lo he preguntado a ella. Mataron a su profesor Paredes y su padre ha tenido un éxito de locos con la campaña del «No». Debe de estar pésimo de mal y a lo mejor un poquito bien. Todo el mundo comenta la campaña del «No». Telefonazos de felicitaciones hasta las tres de la mañana. Recalentamos la tallarinata *puttanesca* y abrimos otro vino tinto. Don Adrián me pasó plata para un taxi. El metro ya no corría.

—¿Y tú?

—No sé, loco. Pero te llamé porque amor con amor se paga.

—¿De dónde sacaste eso?

—Qué sé yo. Lo decía mi abuela.

—¿De qué se trata? Toma. Te traje la última *Caras*.

—¡Con la Michelle Pfeiffer en la portada! *Super woman*. ¿Cierto?

—Es rica.

—Tu tipo, ¿te caché?

—No sé, Laura. No sé cuál es mi tipo. Acabo de cumplir los dieciocho. No sé cuál es mi tipo y no entiendo nada de nada.

—Pero como la Patricia Bettini...

—¿Qué? ¿Qué pasa con Patricia?

—Es que ella es tan...

—¿Tan qué?

—Elegante. En cambio, yo...

—Eres diferente, Laura. Ninguna es mejor que la otra. Son nada más que diferentes.

—¿Te gusto?

—Te encuentro la raja.

—Tengo Coca-Cola, Bilz, Pap y cerveza. Cerveza Escudo, no más.

—Coca.

—¿Con hielo?

—Tres cubitos.

Va a la cocina y trae una Coca familiar. Ya tiene listo un platillo con dados de queso y aceitunas verdes. Es mediodía, pero parece un *cocktail* vespertino.

—Siéntate, que te *vai* a caer muerto.

—Dime —le digo, obedeciéndole.

Ella se acomoda en la punta de un sofá de mimbre con respaldos acolchonados de color café. Muy seño-

185

rita, junta las rodillas evitando exponer sus muslos mates y tersos.

—Se trata de tu papi, Nico.

Ajá, por eso quería que viniera. Nada de teléfono. No quiero oírlo. Quiero morirme de antemano. Morirme ya.

—¿Sabes algo?

Laura mira las paredes de su *living* y la puerta que conduce al dormitorio y la otra hacia el pequeño balcón. Hay una reproducción de un cuadro con bailarinas de Degas y una foto enorme de Travolta con un traje de raso blanco muy ajustado y el chaleco de mangas cortas abierto en el pecho.

—Nico... Sé cómo llegar a él.

—¿Está vivo? Al profesor Paredes...

—Ya sé.

Hay algo que la retiene. Quiere y no quiere decírmelo. ¿Para qué me trajo?

—Por favor.

Sacude la brillante mata de pelo azabache rizado y me mira fijo, contundente, a los ojos.

—Lo que te voy a contar ahora habla pésimo de mí. Te lo cuento solamente a ti porque me echaste una mano.

—Está bien. Dime.

—Te encuentro muy pendejo, pero siempre me has llamado la atención. Lo hago por ti. Y por el profesor Paredes. Me puso un cinco. Por la primera estrofa de Annabel Lee. Poe. ¿Te acuerdas? *Su cinquito*, me dijo.

—No cacho.

186

Se pasa las manos por las narices y aspira como si tuviera un resfrío.

—Este departamento me lo puso un gallo. ¿*Cachái*?

—Ya.

—Un gallo casado.

—Ya.

—Un tira.

—¿De la CNI?

—*No eri' na tan aturdío...* ¿Me *vai* a echar un discursito moralista?

No sé. No sé qué hacer ni qué decir. No esperaba esto. Bebo medio vaso de Coca-Cola. Me queda un cubo de hielo en la boca y lo tiro de un lado a otro con la lengua.

—No.

—Creo que a través de él podemos llegar a tu papi.

—¿Por qué?

—Lo sé no más, Nico.

Me gustaría ser adulto. Entender más de la vida. Leído más libros. Conocer la psicología de la gente.

—¿Qué tengo que hacer?

Laura se inclina hacia mí y me toma las manos. Las levanta y las lleva a su boca. No las besa. Simplemente apoya sus labios en mis dedos.

—¿*Tenís* algo de plata?

La miro. La miro con mi alma entera volcada en mi estupor.

—¿De dónde, Laura? Ni siquiera he ido a cobrar el sueldo de septiembre de mi papi porque tengo terror de que me agarren.

—¿*Tenís* de dónde sacar algunos pesos? ¿Vender algo?

—¿Qué?

—No sé. Un auto.

—No tenemos auto. Caminamos. O el metro.

—Un televisor.

—Todos tienen televisor. ¿Qué me van a dar por un televisor?

Laura aparta mis dedos. Los besa uno a uno. Después pestañea tres, cuatro veces. No me mira.

—Te comprendo, Nico, te comprendo.

Luego va hasta un armario de madera y saca una botella de ron Bacardi blanco. Le echa un chorro a mi Coca-Cola y se pone un poquito en su propio vaso.

—Entonces no me queda más que ver cuánto me quiere este detective *concha e'su madre*.

TREINTA Y SIETE

—

Raúl Alarcón, *Florcita Motuda,* llamó por teléfono a Adrián Bettini agradeciéndole efusivamente haberlo puesto en la campaña. «Soy el hombre más popular de Chile —le dijo—. La gente me besa en las calles. El chofer del taxi no me quiso cobrar: "Si usted tiene el valor de enfrentar a Pinochet, ¿por qué yo no? Voy a votar 'No'. Y a todos los que suban a mi taxi los voy a convencer de que voten 'No'. Grande, Florcita."»

«Gracias, don Adrián.»

«Nada que agradecer», repuso Bettini mirando a través de la ventana un auto gris sin patente estacionándose frente a su casa. El chofer bajó la ventanilla, y su acompañante —cuyo rostro no alcanzaba a ver— le encendió un cigarrillo. El conductor entreabrió la puerta y accionó el mecanismo del asiento hacia atrás. Se puso cómodo y expulsó una bocada de humo por la ventana.

—Nada que agradecer, señor Alarcón. Soy yo quien tengo que agradecerle a usted.

—¡A mí! Si yo soy una insignificancia. Una pobre florcita motuda.

—La gente piensa que usted es un héroe. Le espera un gran futuro, amigo.

El acompañante del hombre del coche gris descendió y cruzando la calle fue hacia la puerta de la casa de Bettini y miró el número. Luego lo comparó con el que tenía escrito en una libreta y levantó el pulgar indicándole al chofer que estaba *okey*.

—Un gran futuro, amigo —repitió.

Le hizo señas a Magdalena que se asomara al balconcito y mirara el coche.

Tapó la bocina del teléfono al susurrarle: «Anda a comprar algo al almacén y échale una buena mirada a la cara del que maneja.»

—¿Usted cree, don Adrián, que vamos a ganar el plebiscito?

—El plebiscito, sí —dijo Bettini, tirándole a su esposa un beso—. Otra cosa es que acepten el resultado.

—No les queda otra. Toda la prensa extranjera está aquí y los corresponsales me dijeron que se van a quedar hasta el día de la votación.

El acompañante del conductor miraba ahora a Magdalena atravesar la calle camino al almacén. Le indicó al otro que estuviera atento llevándose un dedo a la parte inferior del ojo.

—Dígame, señor Alarcón...

—A sus órdenes, don Adrián.

—¿Usted no tiene por casualidad algún amigo con una casita fuera de Santiago? ¿En el campo, en la costa?

—Fernández, en Papudo. ¿Por qué?

—Está tan bonito el tiempo y lo he visto un poco

paliducho. ¿Por qué no se va algunos días a la playa a tomar sol?

Al otro lado de la línea hubo un largo silencio. Después Alarcón carraspeó.

—¿Le pasa algo, señor Bettini?

—No, nada. Nada.

—Perdone que le pregunte pero ¿usted tiene miedo?

—No, hombre, no —contestó buscando en su agenda el número del cónsul de Italia.

—Porque lo que es yo...

—¿Cagado de miedo?

—Tanto como cagado, cagado, no. Pero su resto. No quería molestarlo. Era sólo para agradecerle... haber creído en mí...

Bettini sonrió con amargura. Omitió lo que realmente tenía que informarle: «No creí en usted. Dudé todo el tiempo de usted. Hasta anoche estuve convencido de que usted era un completo desatino.»

—¡Grande su vals, Florcita!

—Yo hice muy poco. El grande es Strauss.

—Cuídese. ¿Está todo bien por su casa?

—Perfecto. ¿Sabe?... La gente me ama.

—Se lo merece.

Bettini cortó y de inmediato llamó a la embajada italiana.

Florcita Motuda cortó y volvió a mirar con preocupación ese auto negro que se había estacionado un poco más arriba de su departamento, cerca de la plaza.

TREINTA Y OCHO
—

Días antes de la votación los sociólogos publicaron sus encuestas.

El sesenta y cinco por ciento de los indecisos habían ahora optado por votar «No».

Sumado a la gran mayoría que votaría «No» a como diera lugar, las encuestas aseguraban que la opción contra Pinochet ganaría el plebiscito.

El equipo comandado por el ministro del Interior no mostró ninguna reacción ni flexibilidad frente a la ola de popularidad del «No». En los abundantes programas que emitieron aprovechando el monopolio de la televisión que tenía el gobierno nunca les hablaron a los indecisos, sino a sus más fervientes partidarios.

Pinochet siguió creyéndoles al ministro Fernández y sus asesores, que le extendían sólo encuestas favorables. La campaña del «No» era inofensiva, y los sociólogos, que daban por ganadores a sus enemigos, mi general, son una banda de delincuentes cesantes.

Uno de esos *delincuentes cesantes* escribió: «Los dioses ciegan a aquellos a quienes quieren perder.»

En la casa de Bettini el ánimo comenzó a subir casi tanto como en todas las provincias chilenas. En un país donde la entretención principal era ver TV, la aparición del «No» en los medios rompió la soledad que marcaba la vida de cada persona o grupo familiar. Se matizó la rutina de desesperanza.

Por primera vez —le explicaron los sociólogos a Bettini— la gente sintió que la televisión les estaba hablando a ellos, no pasando por sobre ellos. Esos quince minutos eran un *big bang* de imágenes estelares que no se extinguieron tras la emisión: seguían generando nuevos astros, choques de energía por todas partes, la mueca grave se había distendido, el rictus amargo había dado paso a sonrisas.

Hasta ese momento lo que no aparecía en la pantalla parecía no ser real. La gente sentía que los seres ficticios y banales de las teleseries eran más reales que ellos mismos. Ellos tenían sólo silencios. No tenían autorización para vivir, sólo para ser testigos de vidas irreales.

La pincelada de democracia que arriesgó Pinochet había roto el dique. Aquello que parecía un simple e inofensivo jueguito había detonado en su sencilla eficacia las ansias de futuro y de alegría. Bettini comenzaba a creerlo lentamente. Sólo que su éxito se hacía más y más peligroso. De los films norteamericanos había heredado una expresión que repetía cuando estaba entre amigos de confianza: *fucking*. Ahora hablaba con una semisonrisa de su *fucking success*. Los días que faltaban para la votación apenas dormía entre pestañeada y pestañeada. Había una sobrecarga de adrenalina alrededor que no permitía un solo suspiro de calma.

Los rumores de que los militares tenían conocimiento de un eventual desenlace desfavorable a Pinochet despertaron temores de que mandaran al diablo la comedia democrática y que desconocieran el resultado. O que a través de fabricados actos de terrorismo suspendieran el plebiscito.

Los partidos del «No» llamaban a marcar «No», sin odio, sin violencia, sin miedo.

El día 5 de octubre, Bettini llegó acompañado de Magdalena y Patricia hasta su local de votación cerca de plaza Egaña. Hizo la larga fila de votantes bajo un alegre sol comprándoles botellitas de agua mineral a los vendedores ambulantes. A medida que se acercaba a su mesa sintió que su corazón se aceleraba. Lo hacía feliz esta apariencia de rutina. Se había imaginado todo más solemne y complejo. Y nada. Allí estaba él. Uno entre cientos en su Ñuñoa. Uno entre cientos de miles en Santiago. Uno entre millones en Chile. ¿Dónde estaría votando Florcita Motuda? Así como el cantante estaba feliz con el reconocimiento popular, él estaba agradecido de su anonimato.

Si el «No» ganara, en verdad ya no le pediría nada más a la vida. Acaso arrendar una casa en la playa, llevar sus casetes favoritas, sus libros de historia griega (Hum, «los dioses ciegan a los que quieren perder»).

Si el «No» ganara...

No, en verdad no podía ni siquiera concebir un más allá del «No». Raro que éste fuera sólo una etapa para algo mayor. Esta insignificancia, su arcoíris, su puñado de imágenes, el vals de Alarcón, eran en el fondo... todo.

Era su coronación de la vida.

Que otro haga futuro. Él —levantó un puño y lo sostuvo en alto cuando lo saludó un conocido desde la fila del frente—, él sólo quería ahora disfrutar del presente.

De la eternidad de ese momento actual.

Sólo faltaba que el «No» ganara.

A la medianoche se asomó a la ventana antes de que el subsecretario del Interior diera a conocer los resultados. Los comandantes de las Fuerzas Armadas habían palpado el clima en el país y ya no podían desconocer ni adulterar los votos.

«Hay tal cantidad de gente celebrando en las calles que sería una barbaridad correrles bala», comunicó el ministro del Interior a palacio.

El subsecretario Cardemil anunció que había ganado el «No». Cincuenta y tres por ciento de los votos.

Los periodistas, oscilando entre el éxtasis y la incredulidad, buscaron al ministro del Interior y no lo encontraron.

Finalmente Pinochet accedió a conversar con ellos. Vestido de civil y maquillado en tonos rozagantes emitió su veredicto ante decenas de camarógrafos nacionales y de la prensa mundial: «Los judíos también hicieron un día un plebiscito. Tuvieron que elegir entre Cristo y Barrabás. Y eligieron a Barrabás.»

Se retiró sonriendo: *No more questions.*

En la casa de Bettini, a las copas de vino tinto y blanco sucedió una botella de *champagne*, y a la botella de *champagne* y los llamados telefónicos, un cambio de turno en el equipo de hombres del auto gris, que seguía en la misma posición desde el día que lo habían estacionado.

Era una presencia puntual y permanente. De una quietud maciza. A veces estaba vacío. A ratos entraban en él dos hombres, a veces los mismos del primer día, a veces otros, prendían la radio, oían música rock, cambiaban a cumbias, incluso un día pusieron fuerte a Mozart: la *Pequeña serenata nocturna*.

El auto no se movía. El auto seguía ahí. Siempre ahí. Sin patente.

Los dos hombres traían bolsas de papel desde el mercado de Irarrázabal, pelaban naranjas y tiraban las cáscaras sobre el empedrado.

Uno fumaba, el otro no.

En los turnos de noche no fumaba ninguno de los dos.

En la mañana iba un motorista a llevarles un termo de café con leche y sándwiches.

A las cinco de la mañana, Patricia Bettini les llevó los cables de la prensa extranjera. Se los había conseguido el cónsul italiano, que apareció junto a ella, los dientes cincelados en pasta dental, el pelo aún húmedo por la ducha tempranera, una condecoración en la solapa, queso parmesano y jamón de Parma.

Le cedió el «honor» a Patricia Bettini de que leyera el cable de *Le Monde*. La muchacha captó el texto de un par de pestañadas y lo tradujo mentalmente al español.

La familia y los amigos se habían tirado sobre la alfombra y sillones como guerreros exhaustos.

—*Le Monde*: «Hay pocos antecedentes para juzgar lo que ocurrió y lo que sigue pasando en Chile. El más autoritario y represivo régimen de toda la historia de la nación se ha transformado en un magma de indecisión, impotencia y *shock*.»

Patricia miró al padre y, echándose para atrás el pelo castaño que le caía sobre un ojo, le dijo solemne:

—Papi, quiero que ahora te pongas de pie.

Adrián obedeció con un manotazo en el aire, suponiendo alguna broma. Pero Patricia estaba seria. Nunca la había visto tan grave. Así de digna. Parecía que hubiera crecido en pocas horas. Como si la trasnochada, los vinos, el cansancio, la excitación, la hubieran hecho más mujer, proyectándola muy por encima de sus dieciocho años.

—Esto es *El País*, de España, viejo: «Quince minutos bastaron para acabar con quince años.»

Bettini calculó que en las últimas semanas no había noche en que no se autopronosticara un infarto. No ahora, *please*, le ordenó a su *fucking* corazón. Tragó saliva y sin sonreír le dijo al público:

—¡*El País*, de España! *Se non è vero, è ben trovato.*

TREINTA Y NUEVE
—

—Señor Fernández. ¡Qué honor, ministro!

—*Ex* ministro, Bettini. Acabo de presentar mi renuncia y estoy juntando mis papeles para irme a casa.

—Las vueltas de la vida, doctor Fernández.

—Pero no crea que esto es el fin de la historia. Usted logró que dieciséis gatos y perros se pusieran de acuerdo por una vez para apoyar a un solo candidato. A *Mister No.* Pero ahora que van a tener que ponerse de acuerdo para designar a un solo candidato presidencial se van a sacar los ojos entre ustedes.

—En esta campaña aprendimos a unirnos...

—¿Unirse? Ustedes están pegados con cinta *scotch* y escupito, Bettini. El verdadero ganador de este plebiscito es Pinochet, porque el cuarenta y tanto por ciento de los votos que recibió son de él solito. En cambio, el cincuenta y pico por ciento de ustedes van a tener que dividirlo entre dieciséis partidos. Con ese cuarenta por ciento mi general puede hacer lo que se le dé la gana.

—¿Un golpe de Estado como el que dio en 1973 contra Allende?

—¿Por qué no?

—No creo, señor ministro...

—*¡Ex!*

—No creo, señor *ex* ministro. Esta vez no cuenta con las Fuerzas Armadas ni el apoyo de Estados Unidos. Ni con algo más que sí tenía en el 73.

—¿Qué, Bettini?

—¡Alguien a quien derrocar! ¿O Pinochet va a ser tan amable de derrocarse a sí mismo?

—Mi general será recordado como un gran demócrata. Cuénteme de algún otro «dictador» que organice un plebiscito y que cuando lo pierde se va para la casa... No se duerma sobre sus laureles, mi amigo. Este paisito hay que gobernarlo con autoridad, y no con canciones bobas como «Es tan rico decir que no».

—¿Cuál es el propósito de su llamada, señor *ex* ministro?

—¡Qué cosa! Hablando leseras se me había olvidado. Mire, Bettini: asómese a la ventana y podrá ver que en la calle hay un auto gris, sin patente...

—Sí, lo veo.

—Bueno, son mis *boys*.

—Sí, se ve que son sus *boys*.

—¿Cuántos son?

—Tres, cuatro... Asistencia completa. Día de gala.

—¿Qué hacen?

—Están todos fuera del coche. Uno fumando y los otros tomando agua en vasos de plástico. Hace un calor de rompe y raja.

»Bien, por favor, vaya hacia ellos y dígales que se retiren. Dígales que ha habido cambio de planes.

—A decir verdad, no tengo el menor deseo de dejar mi casa ahora.

—No tenga miedo, Bettini. Dígales lo siguiente: «El Coco les ordena que escampen.»

—«El Coco les ordena que escampen.»

—*Ecco.* Y todo solucionado.

—Le agradezco su generosidad. ¿Le puedo preguntar por qué lo hace?

—Cuando la cena termina hay que lavar los platos. Hoy por ti, mañana por mí. Nos estamos viendo, Bettini.

El corte de la comunicación fue casi una pedrada. Por el contrario, él puso el fono en la horqueta exageradamente lento. En un trance. Conjurando algo.

Estaba solo en la casa. Frente al espejo del vestíbulo, se metió bajo los pantalones la vieja polera de los Rolling Stones con el dibujo de la lengua roja fuera. Humedeciéndose los labios, se amarró las zapatillas de *basketball* y demoró una eternidad en pasar los cordones por los orificios de arriba.

—«El Coco les ordena que escampen» —murmuró bajito—. ¿Hasta cuándo va a durar esta pesadilla?

Abrió la puerta de casa de par en par y una bofetada de sol cayó sobre su rostro encegueciéndolo un segundo. Se puso la palma de la mano derecha como visera sobre las cejas y dirigió la mirada hacia los hombres del auto al otro lado de la calle.

El único que fumaba tiró el cigarrillo sobre el asfalto y lo molió con el pie.

Otro puso el vaso de plástico del cual bebía sobre el chasis.

El tercero arrojó el suyo sobre el empedrado y luego masajeó su puño derecho en la concavidad de la palma de la mano izquierda.

El último siguió bebiendo, casi indiferente.

—Fuera. Fuera de aquí —susurró Bettini avanzando hacia ellos.

Y cuando los tuvo al alcance de la mano extendió enérgico el brazo hacia el horizonte.

—¡Fuera!

CUARENTA
—

En la esquina el teléfono está desocupado y tengo la moneda en la mano pero no llamo. Camino hasta nuestro departamento pensando que me haré un tomate relleno con atún. En el almacén compro un pan y una manzana. Me gustan las verdes porque son ácidas.

En el ascensor está escrito con plumón negro: «¡Ganamos, miéchica!», y al otro lado alguien rayó con una navaja el nombre «Nora». Me dispongo a abrir la puerta del departamento cuando ésta se abre desde adentro. Ahí está, en el umbral, Patricia Bettini. Viste el uniforme de su colegio privado, es decir, blusa celeste, corbata azul y falda cuadriculada con medias blancas que le suben hasta los muslos. Es raro, pero cada vez que algo me sorprende me hago el que no estoy sorprendido. Encuentro *cool* ser así. Y hay razones para estar extrañado: jamás mi amiga ha tenido la llave del departamento.

Pero sí Laura Yáñez.

Y es Laura Yáñez quien ahora sale de la cocina y envuelve con un brazo los hombros de Patricia Bettini.

Me guiña un ojo.

Mientras muevo el llavero en la mano pasan dos cosas: la boca de Patricia Bettini se extiende en una sonrisa que no oculta la imperfección de su diente central, que es levemente más grande que los otros, y el profesor Santos aparece tras ella sosteniendo un cigarrillo entre los labios.

No.

Lo he contado mal. Primero aparece una bocanada de humo y recién después aparece el profesor Santos con el cigarrillo entre los labios.

Nos abrazamos en silencio y quizá yo me demoro mucho más en soltarlo que él a mí. Entonces pienso que quiere mirarme y me aparto un poco y el viejo me pregunta cómo estoy y yo tengo la manzana verde en una mano y la llave en la otra y le digo lo mismo que le dije a Valdivieso: «Aquí estamos.»

En el comedor hay cuatro puestos y está servida la entrada: jamón relleno con palta montado sobre una lechuga. Papá extiende una mano para apagar el cigarrillo en el cenicero y advierto que su piel está llena de quemaduras. Cuando se da cuenta de que me doy cuenta tapa esa mano con la otra y se refriega ambas con entusiasmo como preparándose para un banquete. Pero yo le retiro con decisión una mano y miro detenidamente sus llagas.

—Es que en la cárcel no tenían ceniceros y los chicos apagaban los cigarrillos en cualquier parte —sonríe—. Pero nunca nada muy grave. Todo dentro del silogismo «Baroco».

»¿Y tú?

—Yo, genial, papá.

—¿No te metiste en ningún lío?

—Cero problemas.

—Es el último día del mes. ¿Fuiste a buscar el cheque?

—Se me pasó.

—Es que es muy interesante saber si hay cheque o no. Tengo la esperanza de que no hayan alcanzado a pararlo.

—Después del almuerzo voy.

—Está bien.

Patricia Bettini va a la cocina a buscar la botella de vino tinto y mi padre se limpia una mota de tabaco que tenía pegada al labio.

—Ella me sacó —me susurra papá confidencialmente, indicando con la barbilla a Laura Yáñez.

—¿Cómo?

—Pregúntale tú.

—¿Cómo lo sacaste? —le digo sin mirarla, y ocultando mi sonrisa, mientras lleno la copa del papi.

Ella se frota la frente con el corcho de la botella.

Patricia golpea en la mesa.

—Habló con gente, Santos.

—Con gente mala, me imagino.

—Déjala tranquila, Nico —interviene mi padre—. No vivimos en el mundo de las ideas platónicas. En la realidad el Bien va mezclado con el Mal.

—Pero en distintas proporciones.

—En distintas proporciones, hijo. ¿No estás contento de verme?

—Claro que sí, papá.

—¿Y entonces?

—Está todo bien, papá.

—Comamos, pues.

En la tarde voy a Tesorería. Hago diez minutos de cola y efectivamente hay un cheque para el profesor Rodrigo Santos. Lo retiro, lo guardo en la billetera, compro la revista *Don Balón* y veo que en el centro trae un póster con dos de mis ídolos: Rossi y Platini.

Al día siguiente tengo clase de filosofía.

El profesor Valdivieso devuelve los exámenes corregidos con tinta verde y para la calificación usa un enorme número rojo. Mi canción de Billy Joel obtiene la nota más alta: un siete.

Al volver a casa justamente papá me pregunta por el nuevo profesor de filosofía y yo le cuento que es un tipo buena gente. Le digo que me ha puesto un siete en la prueba sobre el Mito de la Caverna. Al papi le baja el profesionalismo y pide que le muestre la prueba. Se la extiendo y, cuando la toma, deja el cigarrillo en el borde del cenicero. Aprovecho para aspirar una pitada y lo vuelvo a su lugar.

—¿Qué es esto, Nico? —pregunta, pálido, tras leer la canción de Billy Joel y ver el resto de la hoja vacía.

Yo no sé si reír o llorar.

—Justicia en la medida de lo posible, papi —respondo, arrancando de la revista deportiva el póster de Rossi con Platini.

CUARENTA Y UNO

—

Ella lo quiere así y yo no voy a negarme.

Me dice que no me lo tome a mal pero que se hará cargo de los gastos.

Escribió una carta para don Adrián y la clavó con alfileres en su almohada.

No es que sea una tonta romántica como las de las revistas satinadas, pero dice que Santiago está herido por el *smog*.

Los buses a Valparaíso parten cerca de la Estación Central.

No pude dormir en toda la noche y me aflige llegar trasnochado a encontrarla en la garita.

Meto en la mochila un traje de baño y dos manzanas.

No hay toallas limpias. Si vamos a la playa me agarro una del hotel.

En el vagón del metro veo al Che bostezando. Me le acerco y le digo que hoy faltaré a clases. Si preguntan por mí, que le diga al inspector que estoy resfriado.

Quiere saber por qué no voy al colegio.

Me sale una sonrisa contagiosa porque me la copia instantáneamente.

Tengo un arsenal de frases aprendidas de papá para estas ocasiones. Le digo una: «Menos pregunta Dios y perdona.»

Quiere saber si se trata de una mina.

«No se trata de una mina, Che. Se trata de Patricia Bettini. Me la llevo a Valparaíso.»

Digo «Me la llevo a Valparaíso» pero es ella la que ha organizado todo. Pidió a la señora Magdalena que le adelantara la mesada y vendió todos los libros de estudio en una librería de viejo. «Es la ventaja de no tener hermanos menores, Nico. Esos libros ya no le sirven a nadie en casa. Quiero desintoxicarme de todo, de álgebra, de química, de historia, de física.

»De virginidad.»

Lo dijo así, como si fuera una materia difícil. No me dijo: «Quiero desintoxicarme de mi virginidad.» Dijo: «Quiero desintoxicarme de *Virginidad*.»

Algunas veces estuvimos a punto de «quebrar el marcador», como dice en la radio el locutor deportivo Julito Martínez. Los dos hemos leído novelas y poesías que llaman al amor libre y nos hemos tocado por todas partes.

Pero siempre encontraba una excusa. Ella plantea las cosas así: «El amor es una expansión de un sentimiento de felicidad. Mientras una no es feliz, no debe hacer el amor.»

Esto lo discutimos de lo más tranquilos cuando estamos lejos de una cama. Pero a solas en mi departamento o, incluso, en su cuarto con los padres ausentes, hemos llegado al borde del desenlace.

Y después, claro, estaba el tema de mi tristeza.

Ahora me muestra un poema que ha subrayado: «La gente tiene derecho a ser feliz aunque no tenga permiso.»

Todo lo que nos ha ocurrido nos ha cambiado mucho. Es como si hubiéramos madurado a golpes.

Ella tiene ganas de vivir más rápido.

Yo quiero acariciar y que me acaricien.

Queremos soltar amarras. Me lo dijo sirviéndome un vasito de grapa. Un licor así como el pisco o el aguardiente. Pero, claro, que es de Italia. La botella parece una escultura de vidrio. En la etiqueta decía *«grappa morbida»*.

Quema.

El Che me recomienda que pase a una farmacia a comprar *sombreros*. No sé si quiero. Es decir, quiero saber cómo es ella, quiero sentirla. Y el *sombrero*... A lo mejor estoy pensando como un pendejo. Haré lo que Patricia Bettini decida.

En la terminal anuncian por los parlantes el próximo bus a Valparaíso para dentro de diez minutos. El chofer lee *La Cuarta* con las piernas extendidas sobre el manubrio. El aire de un pequeño ventilador hace temblar las hojas de su periódico. Me asomo al interior del vehículo pero no encuentro a Patricia.

Me uno a los otros pasajeros que se despiden de los familiares en la plataforma de partida. Un cargador de maletas mete en la bodega del bus un baúl antiguo. En la frente lleva una cincha con el dibujo del arcoíris.

Temo que Patricia se haya arrepentido. Para una chica la decisión de hacer el amor es cosa casi de tragedia griega. O al menos de telenovela. Son tantas las cosas que les meten en la casa y en la escuela, que andan por la vida en punta de pies tratando de no quebrar huevos.

En el fondo tienen razón. El amor en ellas deja huellas. Bueno, hasta cicatrices. Por eso es extraño que Patricia Bettini se haya decidido a estar conmigo. Aún faltan dos meses para terminar la secundaria. Y después Pinochet tiene que llamar a elecciones libres. Va a tardar. Cosa de un año, me imagino. Me dijo: «Quiero estar contigo íntimamente.»

Pero no en Santiago.

Es que Santiago es la escuela, la iglesia, la cesantía de don Adrián, los autos sin patente frente a la casa, las bombas lacrimógenas, la ausencia del profesor Paredes.

Que comprenda.

Está bien. Para mí amarla no es cosa de geografía. Aunque soy el tipo menos romántico de la tierra también me gusta un espacio donde la vista no esté chocando todo el tiempo con edificios y antenas de televisión.

Ando con ganas de mar.

Mar y amar. Valparaíso.

Pero mi cosa es el centro de Santiago. Me gusta con furia que no hayan derribado la iglesia colonial y que los urbanistas hayan tenido que hacer una curva en la Alameda para respetarla.

«Así hay que tratar a una dama», dijo el profesor Santos.

Cuando anunciaron que la derribarían, mi viejo y

yo salimos a protestar con los curas franciscanos a las calles.

El papi pronunció un discurso junto a la fuente de la pérgola de las flores.

Dijo que la iglesia era el mínimo y dulce Francisco de Asís y el gobierno de Pinochet era el lobo.

«El lobo de Gubbia», dijo.

No sé de dónde se le ocurren esas cosas.

Es pésimo para quedarse callado.

Pero a mí me prohíbe hasta los suspiros.

Vinieron los pacos y primero tiraron agua. Uno se acostumbra al agua. Lo único que puede pasar es que el chorro muy violento te tire contra una pared y te rompas la cabeza. Lo mejor es tirarse al suelo.

Y que te mojen. Que te dejen empapado como un perro.

El profesor Paredes decía, agachándose bajo el chorro: *«Relax and enjoy it.»*

Las bombas lacrimógenas ya es distinto. Te revienta una en la cara y te puedes quedar ciego.

Pero mi vida entera se la he dado al centro. Dieciocho años. Calle Lastarria. Villavicencio. Las fuentes de sodas con las camareras maquilladas igual que bailarinas de cabaret.

El chofer ahora se asoma en la pisadera del bus y nos grita que partirán dentro de tres minutos.

Aprieto en el bolsillo las monedas de cien pesos y trato de ver si hay un teléfono cerca.

Y justo en ese momento Patricia Bettini aparece.

Y a medida que se acerca corriendo mi corazón se pone a latir más fuerte que nunca.

Se hace más pequeña y delgada dentro de mi abrazo. El pelo castaño le cae suelto en los hombros y no hay ni rastro de la disciplina escolar de prendedores, horquillas y pinches con los que evita que el pelo le inunde la cara.

Hoy no viste el uniforme del colegio.

Trae en cambio una polera roja ceñida, directamente una talla más pequeña que las que usa.

Los senos irrumpen en la tela y la parte superior está expuesta.

Sus labios pintados de un rojo furioso combinan de maravilla con la polera. Es una boca que grita «bésame», «muérdeme». Trago saliva. Raspo con los breves pelos que me han brotado en la quijada su mejilla. Aspiro profundamente el olor de su piel. Me marea el toque como de fruta tropical de su gel.

—¿Estás listo? —pregunta.

Quiere saber si estoy listo. Ya hace días que emprendí el vuelo. Vivo en el país del «No» y sé en cada uno de mis nervios que nunca más me lo volverán a quitar. Lo siento en el pulso de mis muñecas, en mis sienes, que laten alborotadas.

En mi erección.

¡*P'tas* que es erótica, la democracia!

—Estoy listo —digo para ahorrarme todo lo indecible.

Me pone el pasaje en el bolsillo de la camisa blanca y luego me toca la frente con dos dedos como un médico que controla si uno tiene fiebre.

—Entonces, Nicómaco Santos, ¡a Valparaíso los boletos!

CUARENTA Y DOS

Patricia Bettini le muestra a Nico Santos la agenda forrada en cartón azul donde su padre fue anotando sus observaciones para la campaña del «No».

Un caballo galopa en la pradera, es el caballo de la libertad.

Se mueven los limpiaparabrisas de un taxi, es el «No» de la libertad.

Un corazón late de sístole a diástole, es el ritmo de la libertad.

Una anciana compra una bolsita de té en el almacén de don Aníbal, es el té de la libertad.

Un carabinero golpea en el cráneo a un estudiante, es la hora de la libertad.

Canción:

No lo quiero, papá, no lo quiero, mamá, no lo quiero ni en inglés, ni en mapudungún, ni en tango, ni en bolero, ni en foxtrot, ni en cumbia ni chachachá, no lo quiero a él, yo no lo quiero, mi amor, lo que yo quiero es la libertad.

Christopher Reeves está en Chile. Grabarlo: vino a proteger a los actores amenazados de muerte. Que diga algo. Algo así: «OK, folks, you're right, remember that the vote is secret and that Chile be a free country depends on you.»

Grande Superman, en inglés la libertad.

Filmar a Jane Fonda, no sé dónde la pueden pillar, la oí decir en la radio: «During all these years the pain of Chile has been our pain, now the future of Chile is in your hands.»

Meter a la Jane con la canción de las botas: «These boots are made for walking, and they will walk all over you, walk boots, walk over Pinochet, walk, walk, walk *hacia la libertad.*»

Y usar alguna cueca: «*Tiquitiquití, tiquitiquitá, di que no y se enciende la libertad.*»

Y no se olviden de Violeta: me dio el abecedario, con él las palabras que pienso y declaro, me dio la «N», me dio la «O», me dio el «No», me dio medio a medio el «No» de la libertad.

Le quebraron las manos, le rompieron el fémur, le metieron setenta y dos balas, le perforaron el vientre, duele la libertad (sin decir de quién hablamos, la gente sabe, es mejor que la gente se active sola).

La policía no lo deja bajar del avión a Serrat, se encierra en el baño, graba con un periodista una casete, para la libertad (poner ese disco).

La pareja de jóvenes espía hacia una esquina, juntan monedas y billetes de poco monto, quieren pagar una pieza en el motel, el amor barato de la libertad.

Yo, Bettini, le pido a la muerte que se aguante un poco, que deje pasar septiembre, que me conceda un último deseo, que nada más espere el 5 de octubre, que espere la libertad.

La chica vestida de negro atraviesa la avenida Apoquin-

do en plena primavera y sus caderas oscilan siguiendo el ritmo de la libertad.

Sobre la cabeza del barbudo rey, una corona de cartón piedra se enchueca, va a llegar la libertad.

Esa mano que se alza y se despide de alguien dice «No», quiere libertad.

El carpintero raja con el serrucho la madera, salta el aserrín de la libertad.

La enamorada deshoja una margarita, me quiere mucho, poquito, nada, la libertad.

El Silabario Matte: papá ama a mamá, el niño come la papa, la niña ama la libertad.

Qué pájaro o ángel le gana a volar más alto a la libertad.

El Pacífico eleva catedrales azules hacia las nubes, olas que suben y suben hacia la libertad.

No me digas menos, no me digas más, dime la palabra justa, libertad.

A ver esas palmas, chiquillos, marcando el ritmo, así, clip, clap, una vez más, clip, clap, clip, clap, la libertad.

Nico deja la libreta de Bettini sobre el velador de la pieza del motel.

Pero ella quiere que él lea una vez más (usa esta palabra) la profecía: «La pareja de jóvenes espía hacia una esquina, juntan monedas y billetes de poco monto, quieren pagar una pieza en el motel, el amor barato de la libertad.»

Patricia le pide que la ayude con el brassière.

Nico acierta a desprenderlo como si tuviera experiencia.

Está frente a la espalda de la mujer que ama. La

piel se extiende pálida y por primera vez se acerca a tocar con sus labios un lunar sobre el omóplato. El omóplato. Anatomía.

Ella gira su cuerpo. Ahora están los senos frente a la boca.

Ella parece haber surgido de esa nube alborotada suspendida más allá del ventanal.

Ella está seria.

Él sonríe.

Entre los dos juntaron los quince mil pesos. La pieza por tres horas. «No se queden dormidos, jóvenes, que si no tengo que cobrarles otros diez mil extra. Dos cubalibres incluidos.»

«La libertad», piensa.

Y trepa con la lengua por su cuello, y llega hasta la boca de Patricia Bettini, y le hunde la lengua entre los dientes.

Ella cierra los ojos.

Tiene que haber un modo de hacerlo bien.

Un modo de hacerlo con clase.

Como lo han visto en las películas.

Como lo soñaron tantas veces en sábanas mojadas.

Tiene que brotar el gemido lento, tiene que henchirse el seno, abultarse erudito el miembro, tiene que humedecerse, empaparse el vientre, su lengua tiene que saber encontrar el punto perfecto, asediarlo con la destreza de un torero, el diminuto punto electrizado del planeta.

Tiene que tener calma, todo esto es demasiado abrupto, las manos aprietan y rasguñan, saltan de un lugar al otro como conejos asustados.

Habría que tener treinta años, experiencia de piel, doctorados en senos para darle placer a la amada Patricia Bettini, pálida y caliente bajo la tenue luz del día que se filtra entre la cortina de tela estampada con flores, margaritas, girasoles, rododendros, en la sombra agobiante de ese hotel castigado por un sol insolente que parece querer incendiar el puerto.

Patricia apoya la espalda sobre el verde respaldo acolchado de la cama, despliega las rodillas, con el dedo del medio y el índice de la mano derecha avanza sobre su vientre.

Se acaricia el punto, el instante, la copa de *champagne* burbujeante. Y la otra mano va a la nuca de Nico Santos.

Y la otra mano conduce suave pero decidida la cabeza de Nico a su vientre, lo doblega, y el joven estudiante acata ese rumbo, roza los cabellos lisos castaños, en la ruta aspira hondamente el olor de esas secreciones que se expanden triunfales.

Certero, va con la punta de su lengua al mínimo tigre oculto en esa verdura abrupta, más oscura que lo que profetizaban sus sueños, de un tono más salvaje que el plácido castaño italianísimo de su cabellera, como rizada por una súbita electricidad.

Y si hasta el momento no había habido palabras, ni siquiera monosílabos, sólo la saliva en la piel, el roce de las nalgas en las sábanas, ahora Nico Santos oye una palabra.

Patricia Bettini susurra «sí», repite «sí», dice una y otra vez «sí» y «sí», y también «así» y «así», y sus dedos aprietan eléctricos el cráneo de Nico Santos, y ya no dice nada más, y ya no dice más «sí», ya no dice «sí, sí, así, así», y calla ferozmente, concentradamente calla, y brutalmente aprieta la mandíbula, y lo que Nico no puede ver, lo que aún no sabe es que Patricia Bettini está llorando.

CUARENTA Y TRES

Patricia corre la cortina estampada del motel en lo alto del cerro y luego abre la pequeña ventana. Apoya la frente sobre el marco de madera, ladea el cuello y entrega la vista a la distancia. Entran con más fuerza los sonidos del puerto: grúas que depositan cajas de madera gigantes sobre las cubiertas de los barcos, bocinazos, sirenas de ambulancias, las radios del vecindario con los *hits* de la semana.

—Ven.

Camino hasta su lado. No cambia la postura. Sin mirarme, coge mi brazo y lo pone rodeando sus hombros. Besa mi mano. Es muy extraño, porque está al mismo tiempo lejos, dispersa por el mar hacia el horizonte, y también muy aquí. Es un cuerpo dividido. Bello, tierno, tibio.

—Mira —dice ariscando un poco la nariz y apuntando hacia los cerros de Valparaíso—. Si quieres conocerme mejor, así soy yo.

—¿Qué quieres decir?

—Los cerros y todo eso.

—Así eres tú.

—Es una manera de decir, tonto. Yo —se golpea suave el corazón, como marcando sus latidos—, yo soy esto. Es decir, si alguien me pintara y yo fuese un paisaje, sería de muchos colores...

—Mira ahora aquí. ¿Qué ves?

—Surtido.

—Techos, tejas, muros amarillos, verdes, violetas, azules, granates, terracota, chimeneas, gaviotas, pelícanos, escaleras, peldaños, cables al alcance de la mano, ascensores que parecen casitas trepando por los rieles, los perros vagabundos, los volantines, y todo se sostiene apilado como si alguien lo hubiera puesto así al lote, dejándolo todo para más tarde.

—Así que así eres tú. Te has dejado para más tarde.

—Es decir, las cosas que me han pasado en la vida tienen algún significado. Están ahí con la emoción que viví, ¿*cachái*?

—Una de las cosas que más me gustan de ti es que casi nunca dices «*cachái*». Es curioso, porque yo te veo...

Me detengo. Beso su hombro desnudo, aspiro profundamente el olor de su cuello. Recorrer su piel ayuda a que encuentre la palabra exacta...

—¿Cómo me ves?

—Armónica, bronceada. Elegante, Patricia Bettini. Esto de que te ves a ti misma como un carnaval me sorprende.

Se da vuelta hacia mí y con dos dedos recorre suave mis párpados.

—Quizá —dice sonriendo con los ojos, pero no

con los labios— es el trauma post virginidad perdida. ¿Sabes qué es lo que me da la armonía?

—Eso lo discutí con tu viejo.

—¡¿Tú hablas de mí con mi padre?! ¿Qué te dice?

—Que eso es *the italian touch*. El toquecito italiano. Es decir, alboroto interno, pero expresión clara.

—Armónica.

—Claro, como si te hubieras pasado en limpio.

—¿Y Laura Yáñez?

—Laura Yáñez es un borrador. ¿Viste los cuadernos de caligrafía de los niños desordenados?

—Letra chueca, borrones. ¡Salvó a tu padre, Nico!

—La adoro por eso. Pero no sé si ella se podrá salvar a sí misma.

Patricia está súbitamente seria. Casi grave. Me indica con la barbilla que vuelva a mirar la rada.

—Todo concluye en el mar.

—No comprendo.

—Es decir, siempre estás ahí y al mismo tiempo ahí está el infinito. Si tienes cerca el mar pones todo lo chiquitito de todos tus días en el infinito.

Exagero mi bostezo.

—Debieras conversar estos temas con el profesor Santos. Mi viejo es *fan* de Aristóteles y de Anaximandro.

—No lo cacho.

—Anaximandro es el más antiguo de los filósofos. Se conserva de él únicamente un pequeño fragmento de su obra.

—¿De qué habla?

—Me lo sé de memoria. «De donde viene a las cosas su ser hacia allá necesariamente han de volver, según el orden del tiempo.» El loco se hizo famoso con ese cachito de filosofía.

Patricia va hacia el velador y levanta su vaso de cubalibre medio vacío. Lo prueba. Hace una mueca. Está tibio.

—¿Pido hielo?

—Déjalo. Es hora de que volvamos a Santiago. Mi viejo debe de estar buscándome para matarme. Le dejé una nota clavada con alfileres en su almohada.

Justo dice eso y suena la sirena de un coche policía muy cerca del motel.

—Ahí está —sonríe.

—¿Qué mensaje le dejaste?

—Uno que lamentablemente va a saber captar. Tres palabras: «Virginidad, Valparaíso, Libertad.»

Despliega sus labios delgados en una sonrisa que me desarma. ¡Dios, cómo la amo! ¡Cómo comienzo a desearla nuevamente!

—¿Te gusto?

Niego con la cabeza.

—¿Ni un poco?

Asiento. No me gusta ni un poco. Frunzo despectivo los labios.

—¿Me encuentras fea?

Asiento entusiasta. La encuentro ho-rro-ro-sa.

Patricia Bettini corre del todo la cortina. Expone sus senos a Valparaíso y con toda la fuerza de sus pulmones le dedica una *canzonetta*:

E che m'importa a me
se non sono bella
se ho un amante mio
che fa il pittore
che mi dipingerà
come una stella
e che m'importa a me
se non sono bella.

—Volvamos a Santiago —digo.

—¿Te dio miedo?

—Un poco. No creo que don Adrián te mate, porque es italiano y sentimental y le daría mucha pena cometer un magnicidio, pero no tendría por qué tener escrúpulos conmigo. De entre todos los que conozco, en este momento debo de ser yo el candidato a cadáver *number one* en su lista.

Despliega sus brazos en un feroz bostezo al que acompaña con la profunda exhalación de un «Ahhhhh». Cuando termina, levanta un dedo didáctico, como el de una maestra rural.

—Yo entonces creo que todos volveremos al mar. Lo digo por Anaximandro.

No me importa que la cubata esté tibia. La bebo de un envión.

—El «No» nos tiene vueltos locos —digo cerrando la ventana, pero no puedo dejar de volver a echarle una última mirada al mar—. «... se sale de sí mismo a cada rato, dice que sí, que no, que no, que no, que no, dice que sí en azul, en espuma, en galope, dice que no, que no.»

—¿De Neruda?

—Del gran Neruda. O, como diría tu viejo, del *fucking* Neruda.

CUARENTA Y CUATRO

—

El profesor Santos nunca ha visto a su hijo Nico con corbata. Van a ir juntos caminando hasta la ceremonia de graduación. Antes de salir del departamento revisa si tiene la cajetilla de tabaco negro en el bolsillo interior de la chaqueta y el encendedor metálico Ronson, que ha sobrevivido a las distracciones y a los años, y que carga todos los sábados con gas en un local de tabaco y confección de llaves del paseo Ahumada.

Luego palpa el nudo de la corbata verde con lunares azules que Nico ha conseguido prestada de su amigo el Che.

El acto tiene lugar en la tarde, pero ni el padre ni el hijo cambian la rutina de las mañanas. Salen del departamento, y antes de abandonar el ascensor, el profesor de filosofía enciende su tabaco, toma del brazo a Nico y se va fumando las dos cuadras que lo separan del portón de entrada del Instituto Nacional.

Una vez allí va a tener lugar un procedimiento que ejecutan de forma mecánica, pero que hoy cobra una alegre relevancia especial: Nico Santos regresa de la escuela secundaria con un promedio de notas más que aceptable.

Ha logrado sobrevivir a las turbulencias de la dictadura, se ha callado bien calladita la boca obedeciendo, más que los consejos del padre, sus órdenes tajantes. Sólo ha hablado unas pocas veces: a veces mal, a veces regular, y a veces bien, pero en este último caso ha tenido la prudencia de hacerlo en inglés: *«To be or not to be.»* El profesor Santos agradece a su difunta esposa que el chico haya optado por el *«be»*. El *«not to be»* habría terminado por aniquilarlo.

Entonces, con un gesto histriónico, que a Nico le recuerda la ironía del profesor Paredes, arroja el canuto del tabaco sobre el empedrado y le hace una reverencia al joven diciéndole que el príncipe puede pulverizar el resto con la suela de su zapato.

Nico Santos obedece con un placer desbordante. Es una tontería que cumple jubiloso. Saca su propia cuenta:

Ganó el «No».

Su padre está vivo. Si un día se muere será por el maldito tabaco negro, pero no por el hielo de un calabozo.

Y además su esperma salió disparada hacia el vientre de la mujer amada con un *big bang*. Su experiencia personal le indica que el mundo que se creó fue para vivir el amor con Patricia Bettini.

Hoy está invitada a la ceremonia de graduación. Bettini ya ha conseguido clientes tras su triunfo con la campaña. La distribuidora de un coche francés le ha entregado la cartera. Al fin y al cabo *Le Monde* se inclinó ante su genio. *Oh, la, la.* Le compró a su hija un vestido de finísimo raso repujado, abierto como un tajo mineral entre los muslos, incrustaciones de mostacillas y la firma alborotada de Armani.

Pagó lo que no tiene, pero admite que el genio de Pinochet puso en circulación la tarjeta de crédito: la única manera de tener lo que no puedes tener. Después de él, el diluvio.

Aunque Adrián le ha puesto a Patricia una condición que la chica acepta con humildad: cuando sea su propia graduación dentro de tres días en la Scuola Italiana, debe usar el mismo traje. Que ni sueñe con dársela de *vedette* internacional cambiando lujuriosa de ajuar cada dos horas.

En el umbral del salón de actos hay una corona de rosas blancas, follaje de plantas verdes y algunos claveles rojos. Encima, una cartulina negra adherida al muro con cinta *scotch* donde alguien escribió con letras amarillas: «No olvidamos a nuestros mártires.»

Hay cinco nombres: dos alumnos y tres maestros. Uno de ellos, don Rafael Paredes.

La gente que entra al acto hace como que no ve la cartulina. Desde que el «No» ganó, el teniente Bruna decidió no volver al colegio. Mandó a los soldados del *jeep* a retirar sus cosas.

El coro del colegio interpreta su himno. La mayoría de los alumnos y apoderados lo cantan de pie: «Que vibre, compañeros, el himno institutano, el canto del más grande colegio nacional.»

Nico Santos es uno más de los cincuenta y cinco

muchachos que egresan. El rector les irá entregando uno a uno un diploma y cincuenta y cinco veces el público aplaudirá y el rector se sacará una foto con cada alumno. Después los fotógrafos las venderán a los familiares a la salida del colegio.

Los chicos se ven raros con traje y corbata. Todos tienen demasiado pelo alborotado para esa formalidad. La mayoría se rasca el cuello con el dedo índice, otros se han aflojado el nudo de la corbata. Nico Santos y el Che parecen comentar en la segunda fila las alternativas de un partido de fútbol.

El profesor Santos y sus invitados especiales, Adrián, Magdalena y Patricia Bettini, han sido ubicados en la tercera fila. Al borde de los bancos hay un cartelito impreso que reza: «Cuerpo docente.»

El profesor Santos es un cuerpo docente.

El profesor Paredes era un cuerpo docente.

Hay una tarjeta en un espacio de la segunda fila fácil de leer porque nadie lo ocupa. Sobre el respaldo dice: «Señora María, viuda de Paredes.»

«Pues cupo al instituto la espléndida fortuna de ser el primer foco de luz de la nación», canta el profesor Santos sin quitar la mirada de Nico, que se seca la transpiración con el dorso de una mano sobre las tarimas del escenario donde hace unas semanas, virgen aún, actuó en *La cueva de Salamanca*.

En cambio Bettini ignora la letra del himno. Más aún, su atención ahora es capturada por ese hombre que dificultosamente se abre paso entre las rodillas que obstaculizan su marcha por la fila y con decisión avanza hacia su lado, indicándole que se corra un poco para dejarle espacio. Cuando llega junto a él, se sienta con un suspiro satisfecho y sin mirarlo le extiende la mano.

Es el ministro Fernández.

—¿Qué tal, Bettini? —pregunta, subiéndose un trecho la tela de los pantalones a la altura de las rodillas.

—Ministro, ¿qué hace aquí?

El hombre apunta a un chico de tez oscura y pómulos afilados que le hace señas desde la tarima.

Fernández le responde moviendo con simpatía los dedos de la derecha, sin alzar la mano más arriba del cuello.

—Se gradúa mi nieto, Luis Federico Fernández. Mi regalón. Quiere ser ingeniero. ¿Y usted? ¿Qué hace aquí?

Bettini no sabe qué responder. De repente acierta con una imprecisión:

—Mi yerno, es decir...

—Comprendo, el pololo de su hija..., es decir, exactamente el pololo de su hija. Es decir, Nicolás Santos...

—No, Nico Santos, ¿cómo sabe el apellido?

—¿No recuerda, Bettini? El profesor de filosofía: Rodrigo Santos. ¿Anduvo todo bien?

—Bien, ministro.

—¡*Ex* ministro, no se olvide! ¿Y cómo va la vida?

—Bueno, estoy vivo. Me imagino que gracias a usted.

—¡Hombre! Cómo le gustan las exageraciones.

—Mandé a sus hombres a la misma mierda.

—¡Uy, Dios! ¡Qué heroico!

—Ni tanto así, doctor Fernández. Los obreros de la construcción frente a mi casa estaban mirándonos.

—No deja de ser, de todos modos.

Ambos aplaudieron el final del himno y redoblaron la ovación cuando el rector avanzó a la palestra para su discurso de bienvenida.

—¿Y en qué anda, ministro?

—Se viene la democracia, hombre. Estoy pensando en un puesto donde pueda ejercer mi vocación de servicio público.

—¿Senador?

—Me encantaría. Soy muy bueno gestando proyectos, leyes, todo eso. ¿Cuál de esos chicos allá arriba es su *yerno*?

—El pelucón de la izquierda con una corbata verde y azul.

—Sí, ya lo veo. ¿Qué va a estudiar?

—Si no es para actor, escritor. ¿Y su nieto?

—Ingeniero. Igual que su padre. ¿Sabe que mi hijo Basti votó que no en el plebiscito?

—¿Su propio hijo?

El doctor Fernández se golpeó alegre las rodillas con los puños.

—Mi propio hijo. La democracia es una maravilla, ¿no cree?

—¿A pesar de ser «una exageración de las estadísticas»?

—A pesar de eso. Es una cosa tan tierna. Imagínese: aquí estamos usted y yo, felices de la vida, juntos viendo el futuro de la patria. Yo al lado de mi nieto regalón y usted acompañando al joven Santos. Entre paréntesis, no puedo creer que nos haya ganado con un vals tan huevón.

—¿Un vals tan huevón, ministro?

—¡Un vals requeterrecontra huevón, Bettini! ¡Para qué vamos a decir una cosa por otra!

—¿Usted conoce la revista *Actuel* de Francia, doctor Fernández?

—¿Cómo se le ocurre? *Je ne parle pas français.*

—Acaban de hacer una edición con las canciones que cambiaron el curso de la historia en los últimos cincuenta años.

—¡No me diga que pusieron su huevonísimo *Vals del No*!

—Efectivamente, es la canción de 1988, ministro.

—Y en otros años, ¿quiénes fueron los ganadores?

—Jim Morrison, The Beatles, The Rolling Stones.

—¿Y qué está componiendo ahora?

—Se acabaron las canciones, ministro. El próximo paso es ganar las elecciones con Olwyn y luego meter preso a Pinochet.

Fernández soltó una risa tan estentórea que llamó la atención de la gente alrededor y hasta el rector le destinó una mirada cargada de reproche.

—Hum. La cagué, parece. ¿Meter preso a Pinochet? —dijo en voz baja—. Eso no lo van a lograr, Bettini.

—Lo vamos a lograr, doctor Fernández.

—No, no, no. «Es tan rico decir que no...»

—Sí, sí, sí. Lo vamos a lograr.

—No, no, no. A mi general no me lo tocan ni con el pétalo de una dama.

Vino el turno de Nico Santos para recibir el diploma de graduación. Patricia Bettini se levantó a aplaudir y el público alrededor tuvo ocasión de admirar su vestido Armani. Adrián Bettini se puso de pie y gritó «Bravo», y el profesor Santos se rascó la cabeza con un cigarro sin encender entre los labios.

El ex ministro Fernández se levantó también y aplaudió a Nico junto a Bettini.

—Vamos a volver al poder, Bettini —le susurró al oído—. Esta vez paso a paso, pasito a pasito, votito a votito.

—Son las veleidades de la democracia. Lo que a nosotros nos costó sangre, sudor y lágrimas conseguir ustedes lo van a poder disfrutar sin que se les mueva un pelo de la cabeza. Algún día la exageración de las estadísticas hablará a favor de ustedes. Es la regla del juego. Aplausos, ministro. Lo que importa es que no anden matando gente.

—No se quede en el pasado, hombre. La emergencia ya fue largamente superada. ¿Se acuerda cuando el pueblo le pidió al ejército que interviniera para imponer el orden? ¿Cuando pidieron a gritos un Pinochet?

—¿Usted estudió en el Instituto, doctor Fernández?

—A mucha honra. Pertenezco a la directiva del centro de alumnos.

—¿Quién fue su profesor de castellano?

—Don Clemente Canales Toro.

—Entonces tiene que haber estudiado con él al Arcipreste de Hita.

—Algo recuerdo.

—Un autor medieval. ¿Se acuerda? Don Clemente

Canales versificó él mismo *El libro de buen amor* en español moderno.

—Claro que sí. Muy entretenido. El «Elogio a la mujer chiquita», ¿cierto?

—Bravo. ¿Y no se acuerda por casualidad de la fábula de las ranas que estaban insatisfechas y querían que el dios Júpiter les mandara otro rey?

—No me acuerdo.

—Y Júpiter les manda de rey a una cigüeña que se come las ranas de a dos con un solo picotazo.

—Hum. ¿Adónde va con este cuento?

—A lo siguiente. Las ranas que sobreviven vuelven donde Júpiter y se quejan: «El rey que vos nos diste por nuestras voces vanas danos malas noches y muy malas mañanas.» ¿Quiere que le explique la fábula?

El doctor Fernández se limpió con la palma de la mano derecha unas pelusas adheridas a la solapa de su chaqueta.

—No hace falta, Bettini. Como usted dice, la democracia es una exageración de las estadísticas.

—Es *usted* quien dice eso.

—Cierto. Es que la vida es como el juego de la viroca: al que le toca le toca. Ahora es el turno de ustedes. Lo importante es que si ustedes ganan el gobierno hagan algo para superar esto tan antipático de que la gente quede estigmatizada entre los que votaron «Sí» y los que votaron «No». Hay que ser moderno y sentarse en las diferencias.

—Usted siéntese en lo que quiera y donde quiera. Yo, no. La pugna entre el «Sí» y el «No» va a permanecer mucho tiempo, porque es un asunto de vida o muerte. Se deja vivir a los que piensan distinto o se los mata. Yo no me voy a olvidar nunca de lo que pasó.

—Qué curioso; en cambio, yo ya me olvidé.

—Es usted muy moderno, *ex* ministro.

El hombre comenzó a aplaudir con energía. Unas bellas azafatas convocaban ahora a su nieto a recibir el diploma de manos del rector.

Bettini se limpió las palmas de las manos en los muslos, luego las subió y se unió al ex ministro en sus aplausos.

—Así que la fábula de las ranas, Bettini.

—La fábula de las ranas —repitió Adrián Bettini aplaudiendo cariñosamente.